呼蘭河傳

·長篇小說集·

蕭紅

寰星書店
上海·武昌

范泉主編

寰星文學叢書

第一集

蕭紅：呼蘭河傳（長篇）

臧克家：擁抱（短篇）

范泉：創世紀（散文）

李健吾：雲彩霞（劇本）

目次

蕭紅女士遺像

蕭紅小傳

蕭紅一九一一年在黑龍江省呼蘭縣降生。

父親是當地富有聲望的鄉紳。遠祖是山東膠洲半島的移民，住在呼蘭河已經幾代了。因之，家庭習俗，受了當地的感染，生活方式，大部份已參雜着滿族的禮儀，而作父親的，持家又很嚴。

蕭紅幼年就死去了母親，父親再娶，而不得繼母的歡心，所能藉以庇護的，只有祖父祖母兩個老人。除了祖父每天講解一兩首唐詩之外，大部份的時間，是一個人在那荒蕪了的草園子內寂寞自遣的。

一九二九年蕭紅就讀於哈爾濱市立第一女中。最好的同窗閨友，爲王君粟英，沈君玉賢，幷共同發起野外寫生畫會。假日，必攜畫具，邀集會友，到馬家溝一帶，寫生。間或，就在馬家溝花園野餐。

史地教師姜某，時常在課餘之暇介紹石炭王屠場等譯作，蕭紅除嗜繪圖外，同時對文學作品發生了濃厚的興趣。

一九三〇年暑期，家庭勒令停學，因爲繼母從中作梗，而蕭紅又不得歡於校長孔繁書；且持家極嚴的父親，將爲蕭紅謀嫁。是以，市立第一女中，從此見不到這個藍短衫、黑裙，梳着兩條小辮子，有着兩隻明亮大眼睛的姑娘了。

秋天，蕭紅毅然從家庭裏出走。有密友李君，北京人，相偕離哈市，去北平。在平，蕭紅沒有久留，因爲李君原來家中有一髮配妻子。再隻身回哈爾濱，住在一個旅館裏。春雪夜晚，時常自己在街路上徘徊，這時候蕭紅的天眞而富於熱情的幻想，開始潰滅，彷彿置身荒寂戰場的扶戟小卒。

一九三二年夏季，松花江的山洪暴發，蕭紅得蕭軍舒羣兩君助，脫出旅寓的困守生活。似不久，就和蕭軍結婚，幷不採儀式，婚後仍極困窘。這時，「九一八事變」已早在一年前發生。兩蕭雖在艱危中，依然始終彼此相助相攜。移居商市街，共同爲國際協報撰稿，一九三三年秋兩人集：跋涉問世。

這時候，蕭紅將產，入市立第一醫院，產後，沒錢付費，不得出。蕭紅坦然忍之，直到舊歷年後，就悄然捨棄了孩子，出走，時一九三四年春。

不久，兩蕭到了青島，同在青島晨報編副刊。就在這暫時可以喘息的工夫，各抽時間，着手寫作。秋天，八月的鄉村、生死場兩稿完成，又一起到上海。

一九三五年，得賞識於魯迅先生，八月的鄉村、生死場先後由奴隸社出版。一時文壇轟動，中國二十年來的新文學，從此開一新的途徑。且由此，蕭紅奠定下以後文學生活的基礎。

一九三六年夏末，蕭紅隻身去日本，兩蕭未來的婚變，實在由這時候潛伏下來的。

第二年，蕭紅隻身回國。這一期間的作品多在作家、太白、中學生上發表，幷集單行本出版，有牛車上、手，都是國內文苑珍貴的佳作。

這年，日本帝國侵華戰爭開始，上海淪陷，兩蕭逃亡漢口。往武昌小金龍巷，大地的海作者端木蕻良遷來為隣。

一九三八年一月，蕭紅隨聶甘弩、蕭軍、端木蕻良諸友去臨汾，又轉到西安，春間，婚變發生。蕭軍北上，蕭紅和端木蕻良回到漢口，同住舊居。七月，漢口告急，九月隻身趕到重慶，初住江津，後移北培，完成新作回憶魯迅先生，并寫呼蘭河傳。

一九四〇年春天，去香港，四二年一月二十二日在港病逝。遺作長篇馬伯樂上下兩部，約四十萬字，而呼蘭河傳剛在桂林出版，作者逝世前未得手讀。

蕭紅性情明朗而眞摯，熱情，健談，往往以工作排遣穩憂。常說：「一寫東西，個人生活上的一些不愉快，就都忘了。面前總像有一個強固的東西，這東西不倒，人類就很難生活的幸福，生活的美。」因之，就是在肺病已漸嚴重的時候，還是不停的寫作。小城三月就是臥伏在病床上兩夜完成的，同時，還給時代文學封面作畫。

生前，常喜歡着紅色大衣，面容蒼白，長圓型，一雙明亮的大眼睛，有着黑黑的潤澤，那潤澤顯示着一種智慧。步態敏捷，但笑聲並不響亮。

「人不應該生活的美一些麼？應該美一點！」因之，對同代友輩，親切如家人，就是爲人上有些缺點的，也總是寬容，體諒，常常是屈己待人。雖被友輩誤爲怯弱，然蕭也不辯白，坦然一笑而已。不外，歷世旣深，且置身在歷史漩渦的艱險當中，卽使個人斗然碰見陡坡，溝渠，也並不在意，因爲心裏自有攀越力的把握。

直到死，蕭紅仍在孤獨的一往直前的走着，唯脚步慢一些而已。

先生姓張名迺瑩，筆名蕭紅，另署悄吟，得年三十二。火葬，墓在香港淺水灣。

駱賓基　一九四六年九月廿二日待訂稿於杭州

序 一

今年四月，第三次到香港，我是帶着幾分感傷的心情的，從我在重慶決定了要繞這麼一個圈子回上海的時候起、我的心懷總有點兒矛盾和抑悒，——我決定了這麼走，可又怕這麼走，我怕香港會引起我的一些回憶，而這些回憶我是願意忘卻的，不過，在忘卻之前，我又極願意再溫習一遍。

在廣州先住了一個月，生活相當忙亂；因爲忙亂，倒也壓住了懷舊之感，然而，想要溫習一遍然後忘卻的意念卻也始終不會拋開，我打算到九龍太子道看一看我第一次寓居香港的房子，看一看我的女孩子那時喜歡約了女伴們去遊玩的蝴蝶谷，找一找我的男孩子那時專心致意收集來的一些美國出版的連環圖畫，也想看一看香港堅尼地道我第二次寓居香港時的房子，一二、八香港戰爭爆發後我們「避難」的那家「跳舞學校」（在軒尼詩道），而特別想看一看的，是蕭紅的墳墓——在淺水灣。

我把這些願望放在心裏，略有空閒，這些心願就來困擾我了，然而我始終提不起這份勇氣，還這些未了的心愿，直到離開香港，九龍是沒有去，淺水灣也沒有去；我實在常常違反本心似的規避着，常常自己找些藉口來拖延，雖然我沒有說過我有這樣的打算，也沒有人催促我快還這些心愿。

二十多年來，我也顚頗經歷了一些人生的甜酸苦辣，如果有使我憤怒也不是，悲痛也不是，沉甸甸地老壓在心上，因而願意忘卻，但又不忍輕易忘卻的，莫過於太早的死和寂寞的死。爲了追求眞理而犧牲了童年的歡樂，爲了要把自己造成一個對民族對社會有用的人而甘願苦苦地學習，可是正當學習完成的時候卻忽然死了，像一顆未出膛的槍彈，這比在戰鬬中倒下，給人以不知如何的感慨，似乎不是單純的悲痛或惋惜所可形容的。這種太早的死，曾經成爲我的感情上的一種沉重的負擔，我願意忘卻，但又不能且不忍輕易忘卻，因此我這次第三回到了香港想去再看一看蝴蝶谷這意念，也是無聊的；可資懷念的地方豈止這一處，卽使去了，未必就能在那邊埋葬了悲哀。

對於生活曾經寄以美好的希望但又屢次「幻滅」了的人，是寂寞的；對於自己的能力有自信，對於自己的工作也有遠大的計劃，但是生活的苦酒卻又使他頗爲悒悒不能振作，而又因此感到苦悶焦燥的人，當然會加倍的寂寞；這樣精神上寂寞的人一旦發覺了自己的生命之燈快將熄滅，因而一切都無從「補救」的時候，那他的寂寞的悲哀恐怕不是語言可以形容的。而這樣的寂寞的死，也經成爲我的感情上的一種沉重的負擔，我願意忘卻，而又不能且不忍輕易忘卻，因此我想去淺水灣看看而終於違反本心地屢次規避掉了。

二

蕭紅的墳墓寂寞地孤立在香港的淺水灣。

在游泳的季節，年年的淺水灣該不少紅男綠女罷，然而躺在那裏的蕭紅是寂寞的。

在一九四〇年十二月——那正是蕭紅逝世的前年，那是她的健康還不怎樣成問題的時候，她寫成了她的最後著作——小說呼蘭河傳，然而即使在那時，蕭紅的心境已經是寂寞的了。

而且從呼蘭河傳，我們又看到了蕭紅的幼年也是何等的寂寞！讀一下這部書的寥寥數語的「尾聲」，就想得見蕭紅在回憶她那寂寞的幼年時，她的心境是怎樣寂寞的：

「呼蘭河這小城裏邊，以前住着我的祖父，現在埋着我的祖父。

「我生的時候，祖父已經六十多歲了，我長到四五歲，祖父就快七十歲了，我還沒有長到二十歲，祖父就八七十歲了，祖父一過了八十，祖父就死了。

「從前那後花園的主人，而今不見了。老主人死了，小主人逃荒去了。

「那園裏的蝴蝶，螞蚱，蜻蜓，也許還是年年仍舊，也許現在完全荒涼了。

「小黃瓜，大矮瓜，也許還是年年的種着，也許現在根本沒有了。

「那早晨的露珠是不是還落在花盆架上。那午間的太陽是不是還照着那大向日葵，那黃昏時候的紅霞是不是還能一會兒工夫變出一匹馬來，一會兒工夫變出一匹狗來，那麽變着。

「這一些不能想像了。

「聽說有二伯死了。

「老廚子就是活着年紀也不小了。

「東鄰西舍也都不知怎樣了。

「至於那磨坊裏的磨倌，至今究竟如何，則完全不曉得了。

「以上我所寫的並沒有什麼幽美的故事，只因他們充滿我幼年的記憶，忘卻不了，難以忘卻，就記在這裏了。」

呼蘭河傳脫稿以後，翌年之四月，因爲史沫特萊女士之勸說，蕭紅想到星加坡去，（史沫特萊自己正要回美國，路過香港，小住一月。蕭紅以太平洋局勢問她，她說：日本人必然要攻香港及南洋，香港至多能守一月，而星加坡則堅不可破，卽使破了，在星加坡也比在香港辦法多些）蕭紅又鼓動我們夫婦倆也去。那時我不能也不想離開香港，我以爲蕭紅怕陷落在香港（萬一發生戰爭的話），我還多方爲之解釋，可是我不知道她之所以想離開香港因爲她在香港生活是寂寞的，心境是寂寞的，她是希望由於離開香港而解脫那可怕寂寞。並且我也想不到她那時的心境會這樣寂寞。那時正在皖南事變以後，國內文化人大批跑到香港，造成了香港文化界空前的活躍，在這樣環境中，而蕭紅會感到寂寞是難以索解的。等到我知道了而且也理解了這一切的時候，蕭紅埋在淺水灣已經快滿一年。

星加坡終於沒有去成，蕭紅不久就病了，她進了瑪麗醫院，在醫院裏她自然更其寂寞了，然而她求生的意志非常强烈，她希望病好，她忍着寂寞住在醫院，她的病相當複雜，而大夫也荒唐透頂，等到診斷明白是肺病的時候就宣告已經無可救藥。可是蕭紅自信能活。甚至在香港戰爭爆發以後，夾在死於炮火和死於病二者之間的她，還是更怕前者，不過，心境的寂寞，仍然是對於她的最大的威脅。

經過了最後一次的手術，她終於不治。這時香港已經淪陷。她嚥最後一口氣時，許多朋友都不在她面前，她就這樣帶着寂寞離開了這人間。

三

呼蘭河傳給我們看蕭紅的童年是寂寞的。

一位解事頗早的小女孩子每天的生活多單調呵！年年種着小黃瓜，大矮瓜，年年春秋佳日有些蝴蝶，螞蚱，蜻蜓的後花園，堆滿了破舊東西，黑暗而塵封的後房，是她消遣的地方；慈祥而猶有童心的老祖父是她唯一的伴侶；清早在床上學舌似的唸老祖父口授的唐詩，白天纏着老祖父講那些實在已經聽厭了的故事，或者看看那左鄰右舍的千年如一日的刻板生活，——如果這樣死水似的生活中有什麼突然冒起來的浪花，那也無非是老胡家的小團圓媳婦病了，老胡家又在跳神了，小團圓媳婦終於死了，那也無非是磨官馮歪嘴忽然有了老婆，有了孩子，而後來，老婆又忽然死了，剩下剛出世的第二個孩子。

呼蘭河這小城的生活也是刻板單調的。

一年之中，他們很有規律地過着活；一年之中，必定有跳大神，唱秧歌，放河燈，野台子戲，四月十八日娘娘廟大會……這些熱鬧隆重的節日，而這些節日也和他們的日常生活一樣多麼單調而有規律。

呼蘭河這小城的生活可又不是沒有音響和色彩。

大街小巷，每一茅舍內，每一籬笆後邊，充滿了嘮叨，爭吵，哭笑，乃至夢囈。一年四季，依着那些走馬燈似的挨次到來的隆重熱鬧的節日，在灰黯的日常生活的背景前，呈顯了粗線條的大紅大綠的帶有原始性的色彩。

呼蘭河的人民當然多是良善的。

他們照着幾千年傳下來的習慣而思索，而生活，他們有時也許顯得麻木，但實在他們也頗敏感而瑣細，芝蔴大的事情他們會議論或者爭吵三天三夜而不休。他們有時也許顯得愚昧而蠻橫，但實在他們並沒有害人或自害的意思，他們是按照他們認爲最合理的方法，「該怎麼辦就怎麼辦。」

我們對於老胡家的小團圓媳婦的不幸的遭遇，當然很同情，我們憐惜她，我們爲她叫屈，同時我們也憎恨，——但憎恨的對象不是小團圓媳婦的婆婆，我們只覺得這婆婆也可憐，她同樣是「照着幾千年傳下來的習慣而思索而生活」的一個犧牲者。她的「立場」，她的叫人覺得可恨却又更可憐的地方，在他「心安理得地化了五十吊」請那騙子——雲遊道人給小團圓媳婦治病的時候，就由她自已申說得明明白白的：

「她來到我家，我沒給她氣受，那家的團圓媳婦不受氣，一天打八頓，罵三場，可是我也打過她，那是我給她一個下馬威，我只打了她一個多月，雖然說我打得狠了一點，可是不狠那能够規矩出一個好人來。我也是不願意狠打她的，打得連喊帶叫的，我是爲她着想，不打得狠一點，她是不能够中用的。……」

這老胡家的婆婆爲什麼堅信她的小團圓媳婦必得狠狠地「管敎」呢？小團圓媳婦有些什麼地方叫她老人家看着不順眼呢？因爲那小團圓媳婦第一天來到老胡家就由街坊公論判定她是「太大方了」，「一點也不知道羞，頭一天來到婆家，吃飯就吃三碗」，而且「十四歲就長得那麼高」

也是不合規律，——因爲街坊公論說：這小團圓媳婦不像個小團圓媳婦，所以更使她的婆婆堅信非嚴加管敎不可，而且更因爲「只想給她一個下馬威」的時候，這「太大方」的小團圓媳婦居然不服管敎——帶哭連喊，說要囘「家」去——所以不得不狠狠地打了她一個月。

街坊們當然也都是和那個小團圓媳婦無怨無仇，都是爲了要她好，——像一個團圓媳。所以當這小團圓媳婦被「管敎」成病的時候，不但她的婆婆肯捨大把的錢爲她治病，（跳神，各種偏方），而衆街坊也熱心地給她出主意。

而結果呢？結果是把一個「黑忽忽的，笑呵呵的」名爲十四歲其實不過十二，可實在長得比普通十四歲的女孩子又高大又結實的小團圓媳婦活生生「送囘老家去」！

呼蘭河這小城的生活是充滿了各種各種的聲響和色彩的，可又是刻板單調。

呼蘭河小城的生活是寂寞的。

蕭紅的童年生活就是在這種樣的寂寞環境中過去的。這在她心靈上留的烙印有多麼深，自然不言而喩。

無意識地違背了「幾千年傳下來的習慣而思索而生活」的老胡家的小團圓媳婦終于死了，有意識地反抗着幾千年傳下來的習慣而思索而生活的蕭紅則以含淚的微笑囘憶這寂寞的小城，懷着寂寞的心情，在悲壯的鬥爭的大時代。

四

也許有人會覺得呼蘭河傳不是一部小說。

他們也許會這樣說：沒有貫串全書的綫索，故事和人物都是零零碎碎，都是片段的，不是整個的有機體。

也許又有人覺得呼蘭河傳好像是自傳，却又不完全像自傳。

但是我却覺得正因其不完全像自傳，所以更好，更有意義。

而且我們不也可以說：要點不在呼蘭河傳不像是一部嚴格意義的小說，而在牠於這「不像」之外，還有些別的東西——一些比「像」一部小說更爲「誘人」些的東西：牠是一篇敍事詩，一幅多彩的風土畫，一串凄婉的歌謠。

有諷刺，也有幽默。開始讀時有輕鬆之感，然而愈讀下去心頭就會一點一點沉重起來。可是，仍然有美，卽使這美有點病態，也仍然不能不使你炫惑。

也許你要說呼蘭河傳沒有一個人物是積極性的。都是些甘願做傳統思想的奴隸而又自怨自艾的可憐蟲，而作者對於他們的態度也不是單純的。她不留情地鞭笞他們，可是她又同情他們：她給我們看，這些屈伏於傳統的人多麼愚蠢而頑固——有時甚至於殘忍，然而他們的本質是良善的，他們不欺詐，不虛偽，他們也不好吃懶做，他們極容易滿足。有二伯，老廚子，老胡家的一家子，漏粉的那一羣，都是這樣的人物。他們都像最下等的植物似的，只要極少的水分，土壤，陽光——甚至沒有陽光，就能夠生存了，磨官馮歪嘴子是他們中間生命力最强的一個——强的使人不禁想讚美他。然而在馮歪嘴子身上也找不出什麼特別的東西，除了生命力特別頑强，而這是原始性的頑强。

如果讓我們在呼蘭河傳找作者思想的弱點，那麼，問題恐怕不在於作者所寫的人物都缺乏積極性，而在於作者寫這些人物的夢魘似的生活時給人們以這樣一個印象：除了因爲愚昧保守而自食其果，這些人物的生活原也悠然自得其樂，在這裏，我們看不見封建的剝削和壓迫，也看不見日本帝國主義那種血腥的侵略。而這兩重的鐵枷，在呼蘭河人民生活的比重上，該也不會輕於他們自身的愚昧保守罷？

五

蕭紅寫呼蘭河傳的時候，心境是寂寞的。

她那時在香港幾乎可以說是「蟄居」的生活。在一九四〇年前後這樣的大時代中，像蕭紅這樣對於人生有理想、對於黑勢力作過鬪爭的人，而會悄然「蟄居」多少有點不可解。她的一位女友曾經分析她的「消極」和苦悶的根因，以爲「感情」上的一再受傷使得這位感情富於理智的女詩人被自己的狹小的私生活的圈子（而這圈子儘管是她咒詛的，卻又拘於惰性，不能毅然決然自拔），把廣闊的進行着生死搏鬪的大天地完全給掩隔起來了，這結果是，一方面陳義太高，不滿於她這階層的智識份子們的各種活動，覺得那全是扯淡，是無聊，另一方面卻又不能投身到農工勞苦大衆的羣中，把生活澈底改變一下。這又如何能不感到苦悶而寂寞？而這一心情投射在「呼蘭河傳」上的暗影不但見之於全書的情調，也見之於思想部分，這是可以惋惜的，正像我們對於蕭紅的早死深致其惋惜一樣。

茅　盾

一九四六年八月，于上海。

第一章

一

嚴冬一封鎖了大地的時候，則大地滿地裂着口，從南到北，從東到西，幾尺長的，一丈長的，還有好幾丈長的，牠們毫無方向的，便隨時隨地，只要嚴冬一到，大地就裂開口了。

嚴寒把大地凍裂了。

年老的人，一進屋用掃帚掃着鬍子上的冰溜，一面說：

「今天好冷啊！地凍裂了。」

趕車的車夫，頂着三星，繞着大鞭子走了六七十里，天剛一濛亮，進了大店，第一句話就向客棧掌櫃的說：

「好厲害的天啊！小刀子一樣。」

等進了棧房，摘下狗皮帽子來，抽一袋煙之後，伸手去拿熱饅頭的時候，那伸出來的手在手背上有無數的裂口。

人的手被凍裂了。

賣豆腐的人清早起來沿着人家去叫賣，偶一不愼，就把盛豆腐的方木盤貼在地上拿不起來了。被凍在地上了。

賣饅頭的老頭，背着木箱子，裏邊裝着熱饅頭，太陽一出來，就在街上叫喚。他剛一從家裏出來的時候，他走的快，他喊的聲音也大。可是過不了一會，他的脚上掛了掌子了，在脚心上好像踏着一個雞蛋似的，圓滾滾的。原來冰雪封滿了他的脚底了。使他走起來十分的不得力，若不是十分的加着小心，他就要跌倒了。就是這樣，也還是跌倒的。跌倒了是不很好的，把饅頭箱子跌翻了，饅頭從箱底一個一個的跑了出來。旁邊若有人看見，趁着這機會，趁着老頭子倒下一時還爬不起來的時候，就拾了幾個一邊吃着就走了。等老頭子掙扎起來，連饅頭帶冰雪一起檢到箱子去，一數，不對數。他明白了。他向着那走不太遠的吃他饅頭的人說：

「好冷的天，地皮凍裂了，呑了我的饅頭了。」

行路人聽了這話都笑了。他背起箱子來再往前走，那脚下的冰溜，似乎是越結越高，使他越走越困難，於是背上出了汗，眼睛上了霜，鬍子上的冰溜越掛越多，而且因爲呼吸的關係，把破皮帽子的帽耳朵和帽前遮都掛了霜了。這老頭越走越慢，擔心受怕，顫顫驚驚，好像初次穿上滑冰鞋，被朋友推上了溜冰場似的。

小狗凍得夜夜的叫喚，哽哽的，好像牠的脚爪被火燒着一樣。

天再冷下去：

水缸被凍裂了；

井被凍住了；

大風雪的夜裏，竟會把人家的房子封住，睡了一夜，早晨起來，一推門，竟推不開門了。

大地一到了這嚴寒的季節，一切都變了樣，天空是灰色的，好像刮了大風之後，呈着一種混沌沌的氣象，而且整天飛着清雪。人們走起路來是快的，嘴裏邊的呼吸，一遇到了嚴寒好像冒着煙似的。七匹馬拉着一輛大車，在曠野上成串的一輛挨着一輛的跑，打着燈籠，甩着大鞭子，天空掛着三星。跑了兩里路之後，馬就冒汗了。再跑下去，這一批人馬在冰天雪地裏邊竟熱氣騰騰的了。一直到太陽出來，進了棧房，那些馬才停止了出汗。但是一停止了出汗，馬毛立刻就上了霜。

人和馬吃飽了之後，他們再跑。這寒帶的地方，人家很少，不像南方，走了一村，不遠又來了一村，過了一鎮，不遠又來了一鎮。這裏是什麼也看不見，遠望出去是一片白。從這一村到那一村，根本是看不見的。只有憑了認路的人的記憶才知道是走向了什麼方向。拉着糧食的七匹馬的大車，是到他們附近的城裏去。載來大豆的賣了大豆，載來高粱的賣了高粱。等回去的時候，他們帶了油，鹽和布匹。

呼蘭河就是這樣的小城，這小城並不怎樣繁華，只有兩條大街，一條從南到北，一條從東到西，而最有名的算是十字街了。十字街口集中了全城的精華。十字街上有金銀首飾店，布莊，油鹽店，茶莊，藥店，也有拔牙的洋醫生，那醫生的門前，掛着很大的招牌，那招牌上畫着特別大的有量米的斗那麼大的一排牙齒，這廣告在這小城裏邊無乃太不相當，使人們看了竟不知道那是什麼東西，因爲油店，布店和鹽店，他們都沒有什麼廣告，也不過是鹽店門前寫個「鹽」字，布店門前掛了兩張怕是自古亦有之的兩張布幌子。其餘的如藥店的招牌也不過是把那戴着花鏡的伸出手去在小枕頭上號着婦女們的脈管的醫生的名字掛在門外就是了。比方那醫生的名字叫李永春，那藥店也就叫「李永春」。人們憑着記憶，那怕就是李永春摘掉了他的招牌，人們也都知李永春是在那裏。不但城裏的人這樣，就是從鄉下來的人也多少都把這城裏的街道，和街道上盡是些什麼都記熟了。用不着什麼廣告，用不着什麼招引的方式，要買的比如油鹽，布匹之類，自己走進去就會買。不需要的，你就是掛了多大的牌子人們也是不去買。那牙醫生就是一個例子，那從鄉下來的人們看了這麼大的牙齒，眞是覺得希奇古怪，所以那大牌子前邊，停了許多人在看，看也看不出是什麼道理來。假若他是正在牙痛，他也絕對的不去讓那用洋法子的醫生給他拔掉，也還是走到李永春藥店去，買二兩黃連，回家去含着算了吧！因爲那牌子上的牙齒太大了，有點莫明其妙，怪害怕的。

所以那牙醫生，掛了兩三年招牌，到那裏去拔牙的卻是寥寥無幾。

後來那女醫生沒有辦法，大概是生活沒法維持，她兼做了收生婆。

城裏除了十字街之外，還有兩條街，一個叫做東二道，一個叫做西二道街，這兩條街是從南到北的，大概五六里長，這兩條街上沒有什麼好記載的，有幾座廟，有幾家燒餅舖，有幾家糧棧。

東二道街上有一家火磨，那火磨的院子很大，用紅色的好磚砌起來的大煙筒是非常高的，聽說那火磨裏邊進去不得，那裏邊的消信可多了，是碰不得的。一碰就會把人用火燒死，不然爲什麽叫火磨呢？就是因爲有火，聽說那裏邊不用馬，或是毛驢拉磨，用的是火。一般人以爲盡是用火，豈不把火磨燒着了嗎？想來想去，想不明白，越想也就越糊塗。偏偏那火磨又是不準參觀的。聽說門口站着守衛。

東二道街上還有兩家學堂，一個在南頭，一個在北頭。都是在廟裏邊，一個在龍王廟裏，一個在祖師廟裏。兩個都是小學：

龍王廟裏的那個學的是養蠶，叫做農業學校。祖師廟裏的那個，是個普通的小學，還有高級班，所以又叫做高等小學。

這兩個學校，名目上雖然不同，實際上是沒有什麽分別的。也不過那叫做農業學校的，到了秋天把蠶用油炒起來，教員們大吃幾頓就是了。

那叫做高等小學的，沒有蠶吃，那裏邊的學生的確比農業學校的學生長的高，農業學生開頭是念「人、手、足、刀、尺，」頂大的也不過十六七歲。那高等小學的學生卻不同了，吹着洋號，竟有二十四歲的，在鄉下私學館裏已經教了四五年的書了，現在才來上高等小學，也有的在糧站裏當了二年的管賬先生的現在也來上學了。

這小學的學生寫起家信來，竟有寫到：「小禿子開眼睛好了沒有」？小禿子就是他的八歲的長公子的小名。次公子，女公子還都沒有寫上，若都寫上怕是把信寫得太長了。因爲他已經子女成群，已經是一家之主了，寫起信來總是多談一些個家政，姓王的地戶的地租送來沒有？大豆賣了沒有？行情如何之類。

這樣的學生，在課堂裏邊也是極有地位的，教師也得尊敬他，一不留心，他這樣的學生就站起來了，手裏拿着康熙字典，常常把先生會指問住的。萬里乾坤的「乾」和乾菜的「乾」，據這學生說是不同的。乾菜的「乾」應該這樣寫：「乹」，而不是那樣寫：「乾」。

西二道街上不但沒有火磨，學堂也就只有一個。是個清眞學校，設在城隍廟裏邊。

其餘的也和東二道街一樣，灰禿禿的，若有車馬走過，則煙塵滾滾，下了雨滿地是泥。而且東二道街上有大泥坑一個，五六尺深。不下雨那泥漿好像粥一樣，下了雨，這泥坑就變成河了，附近的人家，就要吃牠的苦頭，衝了人家裏滿滿是泥，等坑水一落了去，天一晴了，被太陽一曬，出來很多蚊子飛到附近的人家去。同時那泥坑也就越曬越純淨，好像在提鍊什麼似的，好像要從那泥坑裏邊提鍊出點什麼來似的。若是一個月以上不下雨，那大泥坑的質度更純了，水份完全被蒸發走了，那裏邊的泥，又黏又黑，比粥鍋㵾糊，比漿糊還黏。好像鍊膠的大鍋似的，黑糊糊的，油亮亮的，那怕蒼蠅蚊子從那裏一飛也要黏住的。

小燕子是很喜歡水的，有時說飛到這泥坑上來，用翅子點着水，看起來很危險，差一點沒有被泥坑陷害了它，差一點沒有被黏住，趕快的頭也不回的飛跑了。若是一匹馬，那就不然了，非黏住不可。而不僅僅是黏住，而是把牠陷進去，馬在那裏邊滾着，掙扎着，掙扎了一會，沒有了力氣那馬就躺下了，一躺下那就很危險，很有致命的可能。但是這種時候不很多，很少有人牽着馬或是拉着車子來冒這種險。

這大泥坑出亂子的時候，多半是在旱年，若兩三個月不下雨這泥坑子才到了眞正危險的時候。在表面上看來，似乎是越下雨越壞，一下了水好像小河似的了，該多麼危險，有一丈來深，人掉下去也要沒頂的。其實不然 呼蘭河這城裏的人沒有這麼傻，他們都曉得這個坑是很厲害的，沒有一個人敢有這樣大的膽子牽着馬從這泥坑上過。

可是若三個月不下雨，這泥坑子就一天一天的乾下去，到後來也不過是二三尺深，有些勇敢者就試探着冒險的趕着車從上邊過去了，還有些次勇敢者，看着別人過去，也就跟着過去了，一來二去的，這坑子的兩岸，就壓成車輪經過的車轍了。那再後來者，一看，前邊已經有人走在先了，這懦怯者比之勇敢的人更勇敢，趕着車子走上去了。

誰知這泥坑子的底是高低不平的，人家過去了，可是他卻翻了車了。

車夫從泥坑爬出來，弄得和個小鬼似的，滿臉泥汚、而後再從泥中往外挖掘他的馬，不料那馬已經倒在泥汚之中了，這時候有些過路的人，也就走上前來，幫忙施救。

這過路的人分成兩種，一種是穿着長袍短褂的，非常淸潔。看那樣子也伸不出手來，因爲他的手也是很潔淨的　不用說那就是紳士一流的人物了，他們是站在一旁參觀的。

看那馬要站起來了，叫們就喝彩，「噢！噢！」的喊叫着，看那馬又站不起來，又倒下去了，這時他們又是喝彩「噢噢」的又叫了幾聲。不過這喝的是倒彩。

就這樣的馬要站起來，而又站不起來的鬧了一陣之後，仍然沒有站起來，仍是照原樣可憐的躺在那裏。這時候，那些看熱鬧的覺得也不過如此，也沒有什麼新花樣了。於是星散開去，各自回家去了。

現在再來說那馬還是在那裏躺着，那些幫忙救馬的過路人，都是些普通的老百姓，是這城裏的擔葱的，賣菜的，瓦匠，車夫之流。他們捲捲褲脚，脫了鞋子，看看沒有什麼辦法，走下泥坑去，想用幾個人的力量把那馬抬起來。

結果抬不起來了，那馬的呼吸不大多了。於是人們着了慌，趕快解了馬套。從車子把馬解下來，以爲這回那馬毫無擔負的就可以站起來了。

不料那馬還是站不起來。馬的腦袋露在泥漿的外邊，兩個耳朵哆嗦着，眼睛閉着，鼻子往外噴着禿禿的氣。

看了這樣可憐的景象，附近的人們跑回家去，取了繩索，拿了絞錐。用繩子把馬捆了起來，用絞錐從下邊掘着、人們喊着號令，好像造房子或是架橋樑似的。把馬抬出來了。

馬是沒有死，躺在道旁 人們給馬澆了一些水，還給馬洗了一個臉。

看熱鬧的也有來的，也有去的。

第二天大家都說：

「那大水泡子又淹死了一匹馬。」

雖然馬沒有死，一哄起來就說馬死了。若不這樣說，覺得那大泥坑也太沒有什麼威嚴了。

在這大泥坑上翻車的事情不知有多少。一年除了被冬天凍住的季節之外，其餘的時間，這大泥坑子像它被付給生命了似的，它是活的。水漲了，水落了，過些日子大了，過些日子又小了。大家對它都起着無限的關切

水大的時問，不但阻礙了車馬，且也阻礙了行人，老頭走在泥坑子的沿上，兩條腿打顫，小

孩子在泥坑子的沿上嚇得狼哭鬼叫。

一下起雨來這大泥坑子白亮亮的漲得溜溜的滿，漲到兩邊的人家的牆根上去了，把人家的牆根給掩沒了。來往過路的人，一走到這裏，就像在人生的路上碰到了打擊。是要奮鬪的，捲起袖子來，咬緊了牙根，全身的精力集中起來，手抓着人家的板牆，心臟撲通撲通的跳，頭不要暈，眼睛不要花，要沉着迎戰。

偏偏那人家的板牆造得又非常的平滑整齊，好像有意在危難的時候不幫人家的忙似的，使那行路人不管怎樣巧妙的伸出手來，也得不到那板牆的憐憫，東抓抓不着什麼，西摸也摸不到什麼，平滑得連一個疤拉節子也沒有，這可不知道是什麼山上長的木頭，長得這樣完好無缺。

掙扎了五六分鐘之後，總算是過去了。弄得滿頭流汗，滿身發燒，那都不說。再說那後來的人，依法泡製，那花樣也不多，也只是東抓抓，西摸摸。弄了五六分鐘之後，又過去了。一過去了可就精神飽滿，哈哈大笑着，回頭向那後來的人，向那正在艱苦階段上奮鬪着的人說：

「這算什麼，一輩子不走幾回險路那不算英雄。」

可也不然，也不一定都是精神飽滿的，而大半是被嚇得臉色發白。有的雖然已經過去了多時，還是不能够很快的抬起腿來走路，因爲那腿還在打顫。

這一類膽小的人，雖然是險路已經過去了，但是心裏邊無由的生起來一種感傷的情緒，心裏顫抖抖的，好像被這大泥坑子所感動了似的，總要回過頭來望了一望，打量了一會，似乎要有些話說。終於也沒有說什麼，還是走了。

有一天，下大雨的時候，一個小孩子掉下去，讓一個賣豆腐的救了上來。

救上來一看，那孩子是農業學校校長的兒子。

於是議論紛紛了，有的說是因爲農業學堂設在廟裏邊，衝了龍王爺了，龍王爺要降大雨淹死這孩子。

有的說不然，完全不是這樣，都是因爲這孩子的父親的關係，他父親在講堂上指手畫脚的講，講給學生們說，說這天下雨不是在天的龍王爺下的雨，他說沒有龍王爺。你看這不把龍王爺活活的氣死，他這口氣那能不出呢？所以就抓住了他的兒子來實行因果報應了。

有的說，那學堂裏的學生也太不像樣了，有的爬上了老龍王的頭頂，給老龍王去戴了一個草帽。這是什麼年頭，一個毛孩子就敢惹這麼大的禍，老龍王怎麼會不報應呢？看着吧，這還不能算了事，你想龍王爺並不是白人呵！你若惹了他，他可能够饒了你？那不像對付一個拉車的，賣榮的，隨便的踢他們一脚就讓他們去。那是龍王爺呀！龍王爺還是惹得的嗎？

有的說，那學堂的學生都太不像樣了，他說他親眼看見過，學生們拿了龗放在大殿上老龍王的手上。你想老龍王那能够受得了。

有的說，現在的學堂太不好了，有孩子是千萬上不得學堂的。一上了學堂就天地人鬼神不分了。

有的說他要到學堂把他的兒子領回來，不讓他念書了。

有的說孩子在學堂裏念書，是越念越壞，比方嚇掉了魂，他娘給他叫魂的時候，你聽他說什麼？他說這叫迷信。你說再念下去那還了得嗎？

說來說去，越說越遠了。

過了幾天，大泥坑子又落下去了，泥坑兩岸的行人通行無阻。

再過些日子不下雨，泥坑子就又有點像要乾了。這時候，又有車馬開始在上面走，又有車子翻在上面，又有馬倒在泥中打滾，又是繩索棍棒之類的，往外抬馬，被抬出去的趕着車子走了，後來的，陷進去，再抬。

一年之中抬車抬馬，在這泥坑子上不知抬了多少次，可沒有一個人說把泥坑子用土塡起來不就好了嗎？沒有一個。

有一次一個老紳士在泥坑漲水時掉在裏邊了。他一爬出來，他就說：

「這街道太窄了，去了這水泡子連走路的地方都沒有了。這兩邊的院子，怎麼不把院牆拆了讓出一塊來？」

他正說着，板牆裏邊，就是那院中的老太太搭了言。她說院牆是拆不得的，她說最好種樹，若是沿着牆根種上一排樹，下起雨來人就可以攀着樹過去了。

說拆牆的有，說種樹的有，若說用土把泥坑來填平的，一個人也沒有。

這泥坑子裏邊淹死過小豬，用泥漿悶死過狗，悶死過貓，雞和鴨也常常死在這泥坑裏邊。原因是這泥坑上邊結了一層硬殼，動物們不認識那硬殼下面就是陷阱，等曉得了可也就晚了。牠們跑着或是飛着，等往那硬殼上一落可就再也站不起來了。白天還好，或者有人又要來施救。夜晚可就沒有辦法了。牠們自已掙扎，掙扎到沒有力量的時候就很自然的沉下去了，其實也或者越掙扎越沉下去的快。有時至死也還不沉下去的事也有。若是那泥漿的密度過高的時候，就有這樣的事。

比方肉上市。忽然賣便宜豬肉了，於是大家就想起那泥坑子來了，說：

「可不是那泥坑子裏邊又淹死了豬了？」

說着若是腿快的，就趕快跑到隣人的家去，告訴隣居：

「快去買便宜肉吧，快去吧，快去吧，一會沒有了。」

等買回家來才細看一番，似乎有點不大對，怎麼這肉又紫又青的！可不要是瘟豬肉。

但是又一想，那能是瘟豬肉呢，一定是那泥坑子淹死的。

於是煎，炒，蒸，煮，家家吃起便宜豬肉來，雖然吃起來了。但就總覺得不大香，怕還是瘟豬肉。

可是又一想，瘟豬肉怎麼可以吃得，那麼還是泥坑子淹死的吧！

本來這泥坑子一年只淹死一兩只豬，或兩三口豬，有幾年還連一個豬也沒有淹死。至於居民們常吃淹死的豬肉，這可不知是怎麼一回事，眞是龍王爺曉得。

雖然吃的自己說是泥坑子淹死的豬肉，但也有吃了病的，那吃病了的就大發議論說：

「就是淹死的豬肉也不應該抬到市上去賣，死豬肉終究是不新鮮的，稅局子是幹什麼的，讓大街上，在光天化日之下就賣起死豬肉來？」

那也是吃了死豬肉的，但是倘且沒有病的人說：

「話可也不能是那麽說，一定是你疑心，你三心二意的吃下去還會好。你看我們也一樣能吃了，可怎麽沒病？」

間或也有小孩子太不知時務，他說他媽不讓他吃，說那是瘟豬肉。

這樣的孩子，大家都不喜歡。大家都用眼睛瞪着他，說他：

「瞎說，瞎說。」

有一次一個孩子說那豬肉一定是瘟豬肉，並且是當着母親的面向鄰人說的。

那鄰人聽了倒並沒有堅決的表示什麽，可是他的母親的臉立刻就紅了。伸出手去就打了那孩子。

那孩子很固執，仍是說：

「是瘟豬肉嗎！是瘟豬肉嗎！」

母親實在難爲情起來，就拾起門旁的燒火的叉子，向着那孩子的肩膀就打了過去。於是孩子一邊哭着一邊跑回家裏去了。

一進門，炕沿上坐着外祖母，那孩子一邊哭着一邊撲到外祖母的懷裏說：

「姥姥，你吃的不是瘟豬肉嗎？我媽打我。」

外祖母對這打得可憐的孩子本想安慰一番，但是一抬頭看見了同院的老李家的奶媽站在門口往裏看。

於是外祖母就掀起孩子後衣襟來，用力的在孩子的屁股上腔腔的打起來，嘴裏還說着：

「誰讓你這麼一點你就胡說八道！」

一直打到李家的奶媽抱着孩子走了才算完事。

那孩子哭得一塌糊塗，什麼「瘟豬肉」不「瘟豬肉」的，哭得也說不清了。

總共這泥坑子施給當地居民的福利有兩條：

第一條：常常抬車抬馬，淹雞，淹鴨，鬧得非常熱鬧，可使居民說長道短，得以消遣。

第二條就是這豬肉的問題了，若沒有這泥坑子，可怎麼吃瘟豬肉呢？吃是可以吃的，但是可怎麼說法呢？眞正說是吃的瘟豬肉，豈不太不講衞生了嗎？有這泥坑子可就好辦，可以使瘟豬變成淹豬，居民們買起肉來，第一經濟，第二也不算什麼不衞生。

二

東二道街除了大泥坑子這番盛舉之外，再就沒有什麼了。也不過是幾家碾磨房，幾家豆腐店，也有一兩家機房，也許有一兩家染布匹的染缸房，這個也不過是自己默默的在那裏做着自己的工作，沒有什麼可以使別人開心的，也不能招來什麼議論。那裏邊的人都是天黑了，就睡覺，天亮了就起來工作。一年四季，春暖花開，秋雨，冬雪，也不過是隨着季節穿起棉衣來，脫下單衣去的過着。生老病死也都是一聲不響的默默的辦理。

比方就是東二道街南頭，那賣豆芽菜的王寡婦吧：她在房脊上插了一個很高的桿子，桿子頭上挑着一個破筐。因爲那桿子很高，差不多和龍王廟的鐵馬鈴子一般高了。來了風，廟上的鈴子格仍格仍的響。王寡婦的破筐子雖是它不會響，但是它也會東搖西擺的作着態。

就這樣一年一年的過去，王寡婦一年一年的賣着豆芽菜，平靜無事，過着安祥的日子，忽然有一年夏天，她的獨子到河去邊去洗澡，掉河淹了。

這事情似乎轟動了一時，家傳戶曉，可是不久也就平靜下去了。不但鄰人，街坊，就是她的親戚朋友也都把這回事情忘記了。

再說那王寡婦，雖然她從此以後就瘋了，但她到底還曉得賣豆芽菜，她仍還是靜靜的活着，雖然偶爾她的菜被偷了，在大街上或是在廟台上狂笑一場，但一笑過了之後，她還是平平靜靜的活着。

至於隣人街坊們，或是過路人看見了她在廟台上哭，也會引起一點惻隱之心來的，不過爲時甚短吧了。

還有人們常常喜歡把一些不幸者歸劃在一起，比如瘋子傻子之類，都一律去看待。

那個鄉，那個縣，那個村都有些個不幸者，瘤子啦，瞎子啦，瘋子或是傻子。

呼蘭河這城裏，就有許多這一類的人。人們關於他們都似乎聽得多，看得多，也就不以爲奇了。偶爾在廟台上或是大門洞裏不幸遇到了一個，剛想多少加一點惻隱之心在那人身上，但是一轉念，人間這樣的人多着哩！於是轉過眼睛去，三步兩步的就走過去了。卽或有人停下來，也不過是和那些毫沒有記性的小孩子似的向那瘋子投一個石子，或是做着把瞎子故意領到水溝裏邊去的事情。

一切不幸者，就都是叫化子，至少在呼蘭河這城裏邊是這樣。

人們對待叫化子們是很平凡的。

門前聚了一羣狗在咬，主人問：

「咬什麽」？

僕人答：

「咬一個討飯的」。

說完了也就完了。

可見這討飯人的活着是一錢不值了。

賣豆芽菜的女瘋子，雖然她瘋了還忘不了自己的悲哀，隔三差五的還到廟台上去哭一場，但是一哭完了，仍是得回家去吃飯，睡覺，賣豆芽菜。

她仍是平平靜靜的活着。

三

再說那染缸房裏邊，也發生過不幸，兩個年青的學徒，爲了爭一個街頭上的婦人，其中的一個把另一個按進染缸子給淹死了。死了的不說，就說那活着的也下了監獄，判了個無期徒刑。

但這也是不聲不響的把事就解決了，過了三年二載，若有人提起那件事來，差不多就像人們講着岳飛、秦檜似的，久遠得不知多少年前的事情似的。

同時發生這件事情的染缸房，仍舊是在原址，甚或連那淹死人的大缸也許至今還在那兒使用着。從那染缸房發賣出來的布匹，仍舊是遠近的鄉鎮都流通着。藍色的布匹男人們做起棉褲棉襖，冬天穿它來抵禦嚴寒。紅色的布匹，則做成大紅袍子，給十八九歲的姑娘穿上，讓她去做新娘子。

總之，除了染缸房子在某年某月某日死了一個人外，其餘的世界，並沒有因此而改動了一點。

再說那豆腐房裏邊也發生過不幸：兩個伙計打仗，竟把拉磨的小驢的腿打斷了。

因爲牠是驢子，不談牠也就吧了。只因爲這驢子哭瞎了一個婦人的眼睛，（即打了驢子那人的母親）所以不能不記上。

再說那造紙的紙房裏邊，把一個私生子活活餓死了。因爲他是一個初生的孩子，算不了什麼。也就不說他了。

四

其餘的東二道街上，還有幾家扎彩鋪。這是爲死人而預備的。

人死了，魂靈就要到地獄裏邊去，地獄裏邊怕是他沒有房子住，沒有衣裳穿，沒有馬騎。活着的人就爲他做了這麽一套，用火燒了，據說是到陰間就樣樣都有了。

大至噴錢獸，聚寶盆，大金山，大銀山，小至丫嬛使女，廚房裏的廚子，喂豬的豬官，再小至花盆，茶壺茶杯，雞鴨鵝犬，以至窗前的鸚鵡。

看起來眞是萬分的好看，大院子也有院牆。牆頭上是金色的琉璃瓦。一進了院，正房五間，廂房三間，一律是青紅磚瓦房，窗明几淨，空氣特別新鮮，花盆一盆一盆的擺在花架子上，石柱子，全百合，馬蛇菜九月菊都一齊的開了。看起使人不知道是什麽季節，是夏天還是秋天，居然那馬蛇菜也和菊花同時站在一起。也許陰間是不分什麽春夏秋冬的。這且不說。

再說那廚房裏的廚子，眞是活神活現，比眞的廚子眞是乾淨到一千倍，頭戴白帽子，身紮白圍裙。手裏邊在做拉麵條。似乎午飯的時候就要到了，煮了麵就要開飯了似的。

院子裏的牽馬童，站在一匹大白馬的旁邊，那馬好像是阿拉伯馬，特別高大，英姿挺立，假若有人騎上，看樣子一定比火車跑得更快。就是呼蘭河這城裏的將軍，相信他也沒有騎過這樣的馬。

小車子，大騾子，都排在一邊，騾子是油黑的，閃亮的，用雞蛋殼做的眼睛。所以眼珠是不會轉的。

大騾子旁邊還站着一匹小騾子，那小騾子是特別好看，眼珠是和大騾子一般的大。

小車子裝璜得特別漂亮，車輪子都是銀色的，車前邊的簾子是半掩半捲的，使人得以看到裏邊去。車裏邊是紅堂堂的鋪着大紅的褥子。趕車的坐在車沿上，滿臉是笑，得意洋洋，裝飾得特別漂亮，紮着紫色的腰帶，穿着藍色花絲葛的大袍，黑緞鞋，雪白的鞋底。大概穿起這鞋來還沒有走路就趕過車來了。他頭上戴着黑帽頭，紅帽頂，把臉揚着，他蔑視着一切，越看他越不像一個車夫，好像一位新郎。

公雞三兩隻，母雞七八隻，都是在院子裏邊靜靜的啄食，一聲不響，鴨子也並不呱呱的直叫，叫得煩人。狗蹲在上房的門旁，非常的守職，一動不動。

看熱鬧的人，人人說好，個個稱讚。窮人們看了這個竟覺得活着還沒有死了好。

正房裏，窗簾，被格，桌椅板凳，一切齊全。

還有一個管家的，手裏拿着一個算盤在打着，旁邊還攤着一個賬本，上邊寫着：

「北燒鍋欠酒貳拾貳斤

東鄉老王家昨借米二十擔

白旗屯泥人子昨送地租四百卅吊

白旗屯二個子共欠地租兩千吊」

這以下寫了個：

四月二十八日

以上的是四月二十七日的流水賬，大概二十八日的還沒有寫吧！

看這賬目也就知道陰間欠了賬也是馬虎不得的，也設了專門人才，即管賬先生一流的人物來管。同時也可以看出來，這大宅子的主人不用說就是個地主了。

這院子裏邊，一切齊全，一切都好，就是看不見這院子的主人在什麼地方，未免的使人疑心這麼好的院子而沒有主人了。這一點似乎使人感到空虛，無着無落的。

再一回頭看，就覺得這院子終歸是有點兩樣，怎麼丫嬛使女，車夫，馬童的胸前都掛着一張紙條，那紙條上寫着他們每個人的名字：

那漂亮得和新郎似的車夫的名字叫：

「長鞭」

馬童的名字叫：

「快腿」

左手拿着水煙袋，右手掄着花手巾的小丫鬟叫：

「德順」

另外一個叫：

「順平」

管賬的先生叫：

「妙算」

提着噴壺在澆花的使女叫：

「花姐」

再一細看才知道那匹大白馬也是有名字的，那名字是貼在馬屁股上的，叫：

「千里駒」

其餘的如騾子，狗，雞，鴨之類沒有名字。

那在廚房裏拉着麵條的「老王」，他身上寫着他名字的紙條，來風一吹，還忽咧忽咧的跳着。

這可眞有點奇怪，自家的僕人，自己都不認識了，還要掛上個名簽。

這一點未免的使人迷離恍惚，似乎陰間究竟沒有陽間好。

雖然這麼說，羨慕這座宅子的人還是不知多少。因爲的確這座宅子是好。淸悠，閑靜，鴉雀無聲，一切規整，絕不紊亂。丫鬟，使女，照着陽間的一樣，雞犬豬馬，也都和陽間一樣，陽間有什麼，到了陰間也有，陽間吃麵條，到了陰間也吃麵條，陽間有車子坐，到了陰間也一樣的有車子坐，陰間是完全和陽間一樣，一模一樣的。

只不過沒有東二道街上那大泥坑子就是了。是凡好的一律都有，壞的不必有。

五

東二道街上的扎彩鋪，就扎的是這一些。一擺起來又威風，又好看，但那作房裏邊是亂七八糟的，滿地碎紙，球桿棍子一大堆，破盒子，亂罐子，顏料瓶子，漿糊盆，細麻繩，粗麻繩……走起路來，會使人跌倒。那裏邊砍的砍，綁的綁，蒼蠅也來回的飛着。

要做人，先做一個臉孔，糊好了，掛在牆上，男的女的，到用的時候，摘下一個來就用，給一個用球桿綑好的人架子，穿上衣服，裝上一個頭就像人了。把一個瘦骨伶仃的用紙糊好的馬架子，上邊貼上用紙剪成的白毛，那就是一匹很漂亮的馬了。

做這樣的活計的，也不過是幾個極粗糙極醜陋的人，他們雖懂得怎樣打扮一個馬童或是打扮一個車夫，怎樣打扮一個婦人女子，但他們對他們自己是毫不加修飾的，長頭髮的，毛頭髮的，歪嘴的，歪眼的，赤足裸膝的，似乎使人不能相信，這麼漂亮煊眼耀目，好像要活了的人似的，是出於他們之手。

他們吃的是粗菜，粗飯，穿的是破亂的衣服，睡覺則睡在車馬、人、頭之中。

他們這種生活，似乎也很苦的。但是一天一天的，也就糊裏糊塗的過去了，也就過着春夏秋冬，脫下單衣去，穿起棉衣來的過去了。

生，老，病，死，都沒有什麼表示。生了就任其自然的長去，長大就長大，長不大也就算了。

老，老了也沒有什麼關係，眼花了，就不看，耳聾了，就不聽，牙掉了，就整吞，走不動了，就攤着。這有什麼辦法，誰老誰活該。

病，人吃五穀雜糧，誰不生病呢？

死，這回可是悲哀的事情了，父親死了，兒子哭。兒子死了母親哭，哥哥死了一家全哭，嫂子死了，她的娘家人來哭。

哭了一朝或是三日，就總得到城外去，挖一個坑把這人埋起來。

埋了之後，那活着的仍舊得回家照舊的過着日子。該吃飯，吃飯。該睡覺，睡覺。外人絕對看不出來是他家已經沒有了父親或是失掉了哥哥，就連他們自己也不是關起門來，每天哭上一場。他們心中的悲哀，也不過是隨着當地的風俗的大流逢年過節的到墳上去觀望一回，二月過清明，家家戶戶都提着香火去上墳塋，有的墳頭上塌了一塊土，有的墳頭上陷了幾個洞，相觀之下，感慨希噓，燒香點酒。若有遠親的人如子女父母之類，往往且哭上一場；那哭的語句，數數落落，無異是在做一篇文章或者是在誦一篇長詩。歌誦完了之後，站起來拍拍屁股上的土，也就隨着上墳的人們回城的大流，回城去了。

回到城中的家裏，又得照舊的過着日子，一年柴米油鹽，漿洗縫補。從早晨到晚上忙了個不休。夜裏疲乏之極，躺在炕上就睡了。在夜夢中並夢不到什麼悲哀的或是欣喜的景況，只不過咬着牙，打着哼，一夜一夜的就都這樣的過去了。

假若有人問他們，人生是爲了什麼？他們並不會茫然無所對答的，他們會直接了當的不加思索的說了出來，「人活着是爲吃飯穿衣。」

再問他，人死了呢？他們會說：「人死了就完了。」

所以沒有人看見過做扎彩匠的活着的時候爲他自己糊一座陰宅，大概他不怎麼相信陰間。假如有了陰間，到那時候他再開扎彩鋪，怕又要租人家的房子了。

六

呼蘭河城裏，除了東二道街，西二道街，十字街之外，再就都是些個小胡同了。

小胡同裏邊更沒有什麼了，就連打燒餅麻花的店鋪也不大有，就連賣紅綠糖球的小床子，也都是擺在街口上去，很少有擺在小胡同裏邊的。那些住在小街上的人家，一天到晚看不見多少閑散雜人。耳聽的眼看的，都比較的少，所以整天寂寂寞寞的，關起門來在過着生活。破草房有上半間，買上二斗豆子，煮一點鹽豆下飯吃，就是一年。

在小街上住着，又冷清，又寂寞。

一個提籃子賣燒餅的，從胡同的東頭喊，胡同向西頭都聽到了。雖然不買，若走誰家的門口，誰家的人都是把頭探出來看看，間或有問一問價錢的，問一問糖麻花和油麻花現在是不是還賣着前些日子的價錢。

間或有人走過去掀開了筐子上蓋着的那張布，好像要買似的，拿起一個來摸一摸是否還是熱的。

摸完了也就放下了，賣麻花的也絕對的不生氣。

於是又提到第二家的門口去。

第二家的老太婆也是在閑着，於是就又伸出手來，打開筐子，摸了一回。

摸完了也是沒有買。

等到了第三家，這第三家可要買了。

一個三十多歲的女人，剛剛睡午覺起來，牠的頭頂上梳着一個捲，大概頭髮不怎樣整齊，髮捲上罩着一個用大黑珠線織的網子，網子上還插了不少的疙疸針。可是因爲這一睡覺，不但頭髮亂了，就是那些疙疸針也都跳出來了，好像這女人的髮捲上被射了不少的小箭頭。

她一開門就很爽快，把門扇刮打的往兩邊一分，她就從門裏閃出來了。隨後就跟出來五個孩子。這五個孩子也都個個爽快。像一個小連隊似的，一排就排好了。

第一個是女孩子，十二三歲，伸出手來就拿了一個五吊錢一隻的一竹筷子長的大麻花。她的眼光很迅速，這麻花在這筐子裏的確是最大的，而且就只有這一個。

第二個是男孩子，拿了一個兩吊錢一隻的。

第三個也是拿了個兩吊錢一隻的。也是個男孩子。

第四個看了看，沒有辦法，也只得拿了一個兩吊錢的。也是個男孩子。

輪到第五個了，這個可分不出來是男孩子，還是女孩子。頭是禿的，一隻耳朵上掛着鉗子，瘦得好像個乾柳條，肚子可特別大。看樣子也不過五歲。

一伸手，他的手就比其餘的四個的都黑得更厲害，其餘的四個，雖然他們的手也黑得够厲害的，但總還認得出來那是手，而不是別的什麽，唯有他的手是連認也認不出來了，說是手嗎，說是什麽呢，說什麽都行。完全起着黑的灰的，深的淺的，各種的雲層。看上去，好像看隔山照似的，有無窮的趣味。

他就用這手在筐子裏邊挑選，幾乎是每個都讓他摸過了，不一會工夫，全個的筐子都讓他翻遍了。本來這筐子雖大，麻花也並沒有幾隻。除了一個頂大的之外，其餘小的也不過十來隻，經了他這一翻，可就完全遍了。弄了他滿手是油，把那小黑手染得油亮油亮的，黑亮黑亮的。

而後他說：

「我要大的。」

於是就在門口打了起來。

他跑得非常之快，他去追着他的姐姐。他的第二個哥哥，他的第三個哥哥，也都跑了上去，都比他跑得更快。再說他的大姐，那個拿着大麻花的女孩，她跑得更快到不能想像了。已經找到一塊牆的缺口的地方，跳了出去，後邊的也就跟着一溜煙的跳過去。等他們剛一追着跳過去，那大孩子又跳回來了。在院子裏跑成了一陣旋風。

那個最小的，不知是男孩子還是女孩子的，早已追不上了。落在後邊，在號淘大哭。間或也想檢一點便宜，那就是當他的兩個哥哥，把他的姐姐已經扭住的時候，他就趁機會想要從中搶他姐姐手裏的麻花。可是幾次都沒有做到，於是又落在後邊號淘大哭。

他們的母親，雖然是很有威風的樣子，但是不動手是招呼不住他們的。母親看了這樣子也還沒有個完了，就進屋去，拿起燒火的鐵叉子來，向着她的孫子就奔去了。不料院子裏有一個小泥坑，是豬在裏打膩的地方。她恰好就跌在泥坑那兒了。把叉子跌出去五尺多遠。

於是這場戲才算達到了高潮，看熱鬧的人沒有不笑的，沒有不稱心愉快的。

就連那賣麻花的人也看出神了，當那女人坐到泥坑中把泥花四邊濺起來的時候，那賣麻花的差一點沒把筐子掉了地下。他高興極了，他早已經忘了他手裏的筐子了。

至於那幾個孩子，則早就不見了。

等母親起來去把他們追回來的時候，那做母親的這回可發了威風，讓他們一個一個的向着太陽跪下。在院子裏排起一小隊來，把麻花一律的解除。

頂大的孩子的麻花沒有多少了，完全被撞碎了。

第三個孩子的已經吃完了。

第二個的還剩了一點點。

只有第四個的還拿在手上沒有動。

第五個，不用說，根本沒有拿在手裏。

鬧到結果，賣麻花的和那女人吵了一陣之後提着筐子又到另一家去叫賣去了。他和那女人所吵的是關於那第四個孩子手上拿了半天的麻花又退回了的問題，賣麻花的堅持着不讓退，那女人又非退回不可。結果是付了三個麻花的錢，就把那提籃子的人趕了出來了。

爲着麻花而下跪的五個孩子不提了。再說那一進胡同口就被挨家摸索過來的麻花，被提到另外的胡同裏去，倒底也賣掉了。

一個已經脫完了牙齒的老太太買了其中的一個，用紙裹着拿到屋子去了。她一邊走着一邊說：

「這麻花眞乾淨，油亮亮的。」

而後招呼了她的小孫子，快來吧。

那賣麻花的人看了老太太很喜歡這麻花，於是就又說：

「是剛出鍋的，還熱忽着哩！」

七

過去了賣麻花的，後半天，也許又來了賣涼粉的，也是一在胡同口的這頭喊，那頭就聽到了。

要買的拿着小瓦盆出去了。不買的坐在屋子一聽這賣涼粉的一招呼，就知道是應燒晚飯的時候了。因爲這涼粉一個整個的夏天都是在太陽偏西，他就來的，來得那麽準，就像時鐘一樣，到了四五點鐘他必來的。就像他賣涼粉專門到這一條胡同來賣似的。似乎在别的胡同裏就沒有爲着多賣幾家而躭誤了這一定的時間。

賣涼粉的一過去了。一天也就快黑了。

打着撥楞鼓的貨郎，一到太陽偏西，就再不進到小巷子裏來，就連僻靜的街他也不去了，他擔着擔子從大街口走回家去。

賣瓦盆的，也早都收市了。

檢繩頭的，換破亂的也都回家去了。

只有賣豆腐的則又出來了。

晚飯時節，吃了小葱沾大醬就已經很可口了，若外加上一塊豆腐，那眞是錦上添花，一定要多浪費兩盌包米大雲豆粥的。一吃就吃多了，那是很自然的，豆腐加上點辣椒油，再拌上點大醬，那是多麽可口的東西，用筷子觸了一點點豆腐，就能够吃下去半盌飯，再到豆腐上去觸了一下，一盌飯就完了。因爲豆腐而多吃兩盌飯，並不算吃得多，沒有吃過的人，不能够曉得其中的滋味的。

所以賣豆腐的人來了，男女老幼，全都歡迎。打開門來，笑盈盈的，雖然不說什麼，但是彼此有一種融洽的感情，默默生了起來。

似乎賣豆腐的在說：

「我的豆腐眞好！」

似乎賣豆腐的回答：

「你的豆腐果然不錯。」

買不起豆腐的人對那賣豆腐的，就非常的羨慕，一聽了那從街口越招呼越近的聲音就特別的感到誘惑，假若能吃一塊豆腐可不錯，切上一點青辣椒，拌上一點小葱子。

但是天天這樣想，天天就沒有買成，賣豆腐的一來，就把這等人白白的引誘一場。於是那被誘惑的人，仍然逗不起決心，就多吃幾口辣椒，辣得滿頭是汗。他想假若一個人開了一個豆腐房可不錯，那就可以自由隨便的吃豆腐了。

果然，他的兒子長到五歲的時候，問他：

「你長大了幹甚麼？」

五歲的孩子說：

「開豆腐房。」

這顯然要繼承他父親未遂的志願。

關於豆腐這美妙的一盤菜的愛好，竟還有甚於此的，竟有想要傾家蕩產的。傳說上，有這樣的一個家長，他下了決心，他說：

「不過了，買一塊豆腐吃去！」這「不過了」的三個字，用舊的語言來翻譯，就是毀家紓難的意思，用現代的話來說，就是：「我破產了！」

八

賣豆腐的一收了市，一天的事情都完了。

家家戶戶都把晚飯吃過了。吃過了晚飯，看晚霞的看晚霞，不看晚霞的躺到炕上去睡覺的也有。

這地方的晚霞是很好看的，有一個土名，叫火燒雲。說「晚霞」人們不懂，若一說「火燒雲」就連三歲的孩子也會呀呀的往西天空裏指給你看。

晚飯一過，火燒雲就上來了。照得小孩子的臉是紅的。把大白狗變成紅色的狗了。紅公雞就變成金的了。黑母雞變成紫檀色的了。喂豬的老頭子，往牆根上靠，他笑盈盈的看着他的兩匹小白豬，變成小金豬了，他剛想說：

「他媽的，你們也變了……」

他的旁邊走來了一個乘涼的人，那人說：

「你老人家必要高壽，你老是金鬍子了。」

天空的雲，從西邊一直燒到東邊，紅堂堂的，好像是天着了火。

這地方的火燒雲變化極多，一會紅堂堂的了，一會金洞洞的了，一會半紫半黃的，一會半灰半百合色。葡萄灰，大黃梨，紫茄子，這些顏色天空上邊都有。還有些說也說不出來的，見也未曾見過的，諸多種的顏色。

五秒鐘之內，天空裏有一匹馬，馬頭向南，馬尾向西，那馬是跪着的，像是在等着有人騎到他的背上，牠才站起來。再過一秒鐘。沒有什麼變化。再過兩三秒鐘，那匹馬加大了，馬腿也伸開了，馬頸子也長了，但是一條馬尾巴卻不見了。

看的人，正在尋找馬尾巴的時候，那馬就變靡了。

忽然又來了一條大狗，這條狗十分兇猛，牠在前邊跑着，牠的後面似乎還跟了好幾條小狗仔。跑着跑着，小狗就不知跑到那裏去了，大狗也不見了。

又找到了一個大獅子，和娘娘廟門前的大石頭獅子一模一樣的，也是那麼大，也是那樣的蹲着，很威武的，很鎮靜的蹲着，牠表示着蔑視一切的樣子，似乎眼睛連什麼也不睬，看着看着的，一不謹愼，同時又看到了別一個什麼。這時候，可就麻煩了，人的眼睛不能同時又看東，又看西。這樣子會活活把那個大獅子糟踏了。一轉眼，一低頭，那天空的東西就變了。若是再找，怕是看瞎了眼睛也找不到了。

大獅子既然找不到，另外的那什麼，比方就是一個猴子吧，猴子雖不如大獅子，可同時也沒有了。

一時恍恍惚惚的，滿天空裏又像這個，又像那個，其實是什麼也不像，什麼也沒有了。

必須是低下頭去，把眼睛揉一揉，或者是沉靜一會再來看。

可是天空偏偏又不常常等待着那些愛好它的孩子。一會工夫火燒雲下去了。

於是孩子們困倦了，回屋去睡覺了。竟有還沒能來得及進屋的，就靠在姐姐的腿上，或者是依在祖母的懷裏就睡着了。

祖母的手裏，拿着白馬鬃的繩甩子，就用繩甩子給他驅逐着蚊蟲。

祖母還不知道這孩子是已經睡了，還以爲他在那裏玩着呢！

「下去玩一會去吧！把奶奶的腿壓麻了。」

用手一推，這孩子已經睡得搖搖幌幌的了。

這時候，火燒雲已經完全下去了。

於是家家戶戶都進屋去睡覺，關起窗門來。

呼蘭河這地方，就是在六月裏也是不十分熱的，夜裏總要蓋着薄棉被睡覺。

等黃昏之後的烏鴉飛過時，只能够隔着窗子聽到那很少的尙未睡的孩子在嚷叫：

「烏鴉烏鴉你打場，

給你二斗糧……

……………」

那漫天蓋地的一羣黑烏鴉，啊啊的大叫在整個的縣城的頭頂上飛過去了。

據說飛過了呼蘭河的南岸，就在一個大樹林子裏邊住下了。明天早晨起來再飛。

夏秋之間每夜要過烏鴉，究竟這些成百成千的烏鴉過到那裏去，孩子們是不大曉得的，大人們也不大講給他們聽。

只曉得唸這套歌，「烏鴉烏鴉你打場，給你二斗糧。」

究竟給烏鴉二斗糧做什麽，似乎不大有道理。

九

烏鴉一飛過，這一天才眞正的過去了。

因爲大卯星升起來了，大卯星好像銅球似的亮晶晶的了。

天河和月亮也都上來了。

蝙蝠也飛起來了。

是凡跟着太陽一起來的，現在都回去了。人睡了，猪、馬、牛、羊也都睡了，燕子和蝴蝶也都不飛了。就連房根底下的牽牛花，也一朶沒有開的。含苞的含苞，捲縮的捲縮。含苞的準備着歡迎那早晨又要來的太陽，那捲縮的，因爲它已經在昨天歡迎過了，它要落去了。

隨着月亮上來的星夜，大毛星也不過是月亮的一個馬前卒，讓它先跑到一步就是了。

夜一來蛤蟆就叫，在河溝裏叫，在窪地裏叫。蟲子也叫，在院心草棵子裏，在城外的大田上，有的叫在人家的花盆裏，有的叫在人家的墳頭上。

夏夜若無風無雨就這樣的過去了，一夜又一夜。

很快的夏天就過完了，秋天就來了。秋天和夏天的分別不太大，也不過天涼了，夜裏非蓋着被子睡覺不可。種田的人白天忙着收割，夜裏多做幾個割高粱的夢就是了。

女人一到了八月也不過就是漿衣裳，拆被子，捶棒碪，碪得街街巷巷早晚的叮叮噹噹的亂響。

「捧碪」一捶完，做起被子來，就是冬天。

冬天下雪了。

人們四季裏，風、霜、雨、雪的過着，霜打了，雨淋了。大風來時是飛沙走石。似乎是很了不起的樣子。冬天，大地被凍裂了，江河被凍住了。再冷起來，江河也被凍得腔腔的響着裂開了紋。冬天，凍掉了人的耳朵，……破了人的鼻子……裂了人的手和脚。

但這是大自然的威風，與小民們無關。

呼蘭河的人們就是這樣，冬天來了就穿棉衣裳，夏天來了就穿單衣裳。就好像太陽出來了就起來，夜陽落了就睡覺似的。

被冬天凍裂了手指的，到了夏天也自然就好了。好不了的，「李永春」藥鋪，去買二兩紅花，泡一點紅花酒來擦一擦，擦得手指通紅也不見消，也許就越來越腫起來。那麼再到「李永春」藥鋪去，這回可不買紅花了，是買了一貼膏藥來。回到家裏，用火一烤，黏黏糊糊的就貼在凍瘡上了。這膏藥是眞好，貼上了一點也不礙事。該趕車的去趕車，該切菜的去切菜。黏黏糊糊的是眞好，見了水也不掉，該洗衣裳的去洗衣裳去好了。就是掉了，拿在火上再一烤，就還貼得上的。一貼，貼了半個月。

呼蘭河這地方的人，什麼都講結實，耐用，這膏藥這樣的耐用，實在是合乎這地方的人情。雖然是貼了半個月，手也還沒有見好，但這膏藥總算是耐用，沒有白花錢。

於是再買一貼去，貼來貼去，這手可就越腫越大了。還有些買不起膏藥的，就檢人家貼乏了的來貼。

到後來，那結果，誰曉得是怎樣呢，反正一塌糊塗去了吧。

春夏秋冬，一年四季來回循環的走，那是自古也就這樣的了。風霜雨雪，受得住的就過去了，受不住的，就尋求着自然的結果。那自然的結果不大好，把一個人默默的一聲不響的就拉着離開了這人間的世界了。

至於那還沒有被拉去的，就風霜雨雪，仍舊在人間被吹打着。

第二章

一

呼蘭河除了這些卑瑣平凡的實際生活之外，在精神上，也還有不少的盛舉，如

跳大神；

唱秧歌；

放河燈；

野台子戲；

四月十八娘娘廟大會……

先說大神，大神是會治病的，她穿着奇怪的衣裳，那衣裳平常的人不穿，紅的，是一張裙子，那裙子一圍在她的腰上，她的人就變樣了。開初，她並不打鼓，只是一圍起那紅花裙子就哆嗦。從頭到脚，無處不哆嗦，哆嗦了一陣之後，又開始打顫。她閉着眼睛，嘴裏邊嘰咕的。每一打顫，就裝出來要倒的樣子。把四邊的人都嚇得一跳，可是她又坐住了。

大神坐的是櫈子，她的對面擺着一塊牌位，牌位上貼着紅紙，寫着黑字。那牌位越舊越好，好顯得她一年之中跳神的次數不少，越跳多了就越好，她的信用就遠近皆知。她的生意就會興隆起來。那牌前，點着香，香煙慢慢的旋着。

那女大神多半在香點了一半的時候神就下來了。那神一下來，可就威風不同，好像有萬馬千軍讓她領導似的，她全身是勁，她站起來亂跳。

大神的旁邊，還有一個二神，當二神的都是男人。他並不昏亂，他是清晰如常的，他趕快把一張圓鼓交到大神的手裏，大神拿了這鼓，站起來就亂跳，先訴說那附在她身上的神靈的下山的經歷，是乘着雲，是隨着風，或者是駕霧而來，說得非常之雄壯。二神站在一邊，大神問他什麽，他回答什麽。好的二神是對答如流的，壞的二神，一不加小心說衝着了大神的一字，大神就要鬧起來的。大神一鬧起來的時候，她也沒有別的辦法，只是打着鼓，亂罵一陣，說這病人，不出今夜就必得死的，死了之後，還會游魂不散，家族，親戚鄉里都要招災的。這時嚇得那請神的人家趕快燒香點酒，燒香點酒之後，若再不行，就得趕送上紅布來，把紅布掛在牌位上，若再不行，就得殺雞，若鬧到了殺雞這個階段，就多半不能再鬧了。因爲再鬧就沒有什麼想頭了。

這雞，這布，一律都歸大神所有，跳過了神之後，她把雞拿回家去自己煑上吃了。把紅布用藍靛染了之後，做起褂子穿了。

有的大神，一上手就百般的下不來神。請神的人家就得趕快的殺雞來，若一殺慢了，等一會跳到半道就要駡的，誰家請神都是爲了治病，讓大神駡，是非常不吉利的。所以對大神是非常尊敬的，又非常怕。

跳大神，大半是天黑跳起，只要一打起鼓來，就男女老幼，都往這跳神的人家跑，若是夏天，就屋裏屋外都擠滿了人。還有些女人，拉着孩子，抱着孩子，哭天叫地的從牆頭上跳過來，跳過來看跳神的。

跳到半夜時分，要送神歸山了，那時候，那鼓打得分外的響，大神也唱得分外的好聽，鄰居左右，十家二十家的人家都聽得到，使人聽了起着一種悲涼的情緒，二神嘴裏唱：

「大仙家回山了，要慢慢的走，要慢慢的行。」

大神說：

「我的二仙家，靑龍山，白虎山……夜行三千里，乘着風兒不算難……」

這唱着的詞調，混合着鼓聲，從幾十丈遠的地方傳來，實在是冷森森的，越聽就越有悲涼。聽了這種鼓聲，往往終夜而不能眠的人也有。

請神的人家爲了治病，可不知那家的病人好了沒有？却使隣居街坊感慨興嘆，終夜而不能已的也常常有。

滿天星光，滿屋月亮，人生何如，爲什麼這麼悲涼。

過了十天半月的，又是跳神的鼓，噹噹的響。於是人們又都招了慌，爬牆的爬牆，登門的登門，看看這一家的大神，顯的是什麼本領，穿的是什麼衣裳。聽聽她唱的是什麼腔調，看看她的衣裳漂亮不漂亮。

跳到了夜靜時分，又是送神回山。送神回山的鼓，個個都打得漂亮。

若趕上一個下雨的夜，就特別凄涼，寡婦可以落淚，鰥夫就要起來彷徨。

那鼓聲就好像故意招惹那般不幸的人，打得有急有慢，好像一個迷路的人在夜裏訴說着他的迷惘，又好像不幸的老人在回想着他幸福的短短的幼年。又好像慈愛的母親送着她的兒子遠行。

又好像是生離死別，萬分的難捨。

人生爲了什麽，才有這樣凄涼的夜。

似乎下回再有打鼓的連聽也不要聽了。其實不然，鼓一響就又是上牆頭的上牆頭，側着耳朵聽的側着耳朵在聽。比西洋人赴音樂會更熱心。

二

七月十五盂蘭會，呼蘭河上放河燈了。

河燈有白菜燈，西瓜燈，還有蓮花燈。

和尙、道士吹着笙、管、笛、簫，穿着拚金大紅緞子的褊衫。在河沿上打起場子來在做道場。那樂器的聲音離開河沿二里路就聽到了。

一到了黃昏，天還沒有完全黑下來，奔着去看河燈的人就絡繹不絕了。小街大巷，那怕終年不出門的人，也要隨着人羣奔到河沿去。先到了河沿的就蹲在那裏。沿着河岸蹲滿了人，可是從大街小巷往外出發的人仍是不絕，瞎子，瘸子都來看河燈，（這裏說錯了，唯獨瞎子是不來看河燈的）把街道跑得冒了煙了。姑娘，媳婦，三個一羣，兩個一伙，一出了大門，不用問，到那裏去。就都是看河燈去。

黃昏時候的七月，火燒雲剛剛落下去，街道上發着顯微的白光，嘁嘁喳喳，把往日的寂靜都冲散了，個個街道都活了起來，好像這城裏發生了大火，人們都趕去救火的樣子。非常忙迫，踢踢踏踏的向前跑。

先跑到了河沿的就蹲在那裏，後跑到的，也就擠上去蹲在那裏。

大家一齊等候着，等候着月亮高起來，河燈就要從水上放下來了。

七月十五日是個鬼節，死了的寃魂怨鬼，不得脫生，纏綿在地獄裏邊是非常苦的，想脫生，又找不着路。這一天若是每個鬼托着一個河燈，就可得以脫生。大概從陰間到陽間的這一條路，非常之黑，若沒有燈是看不見路的。所以放河燈這件事情是件善舉。可見活着的正人君子們，對着那些已死的寃魂寃鬼還沒有忘記。

但是這其間也有一個矛盾，就是七月十五這夜生的孩子，怕是都不大好，多半都是野鬼托着個蓮花燈投生而來的。這個孩子長大了將不被父母所喜歡，長到結婚的年齡，男女兩家必要先對過生日時辰，才能够結親。若是女家生在七月十五，這女子就很難出嫁，必須改了生日，欺騙了男家，若是男家七月十五的生日，也不大好，不過若是財產豐富的，也就沒有多大關係，嫁是可以嫁過去的，雖然就是一個惡鬼，有了錢大概怕也不怎樣惡了。但在女子這方面可就萬萬不可，絕對的不可以，若是有錢的寡婦的獨養女，又當別論，因爲娶了這姑娘可以有一份財產在那裏幌來幌去，就是娶了而帶不過財產來，先說那一份裝奩也是少不了的。假說女子就是一個惡鬼的化身，但那也不要緊，

平常的人說：「有錢能使鬼推磨，」似乎人們相信鬼是假的，有點不十分眞。

但是當河燈一放下來的時候，和尙爲着慶祝鬼們更生，打着鼓，叮噹的響，念着經，好像緊急符咒似的，表示着，這一工夫可是千金一刻，且莫匆匆的讓過，諸位男鬼女鬼，趕快托着燈去投生吧。

唸完了經，就吹笙管笛簫，那聲音實在好聽，遠近皆聞。

同時那河燈從上流擁擁擠擠，往下浮來了。浮得很慢，又鎭靜，又穩當，絕對的看不出來水裏邊會有鬼們來捉了它們去。

這燈一下來的時候，金忽忽的，亮通通的，又加上有千萬人的觀衆，這舉動實在是不小的。河燈之多，有數不過來的數目，大概是幾千百隻。兩岸上的孩子們，拍手叫絕，跳脚歡迎。大人

則都看出了神了，一聲不響，陶醉在燈光河色之中。燈光照得河水幽幽的發亮。水上跳躍着天空的月亮。眞是人生何世，會有這樣好的景況。

一直鬧到月亮來到了中天，大卯星，二卯星，三卯星都出齊了的時候，才算漸漸的從繁華的景況，走向了冷靜的路去。

河燈從幾里路長的上流，流了很久很久才流過來了。再流了很久很久才流過去了。在這過程中，有的流到半路就滅了。有的被衝到了岸邊，在岸邊生了野草的地方就被掛住了。還有每當河燈一流到了下流，就有些孩子拿着竿子去抓它，有些漁船也順手取了一兩隻。到後來河燈越來越稀疏了。

到往下流去，就顯出荒涼孤寂的樣子來了。因爲越流越少了。

流到極遠處去的，似乎那裏的河水也發了黑。而且是流着流着的就少了一個。

河燈從上流過來的時候，雖然路上也有許多落伍的，也有許多淹滅了的，但始終沒有覺得河燈是被鬼們托着走了的感覺。

可是當這河燈，從上流的遠處流來，人們是滿心歡喜的，等流過了自己，也還沒有什麽，唯獨到了最後，那河燈流到了極遠的下流去的時候，使看河燈的人們，內心裏無由的來了空虛。

「那河燈，到底是要漂到那裏去呢？」

多半的人們，看到了這樣的景況，就抬起身來離開了河沿回家去了。

於是不但河裏冷落，岸上也冷落了起來。

這時再往遠處的下流看去，看着，看着，那燈就滅了一個。再看着看着，又滅了一個，還有兩個一塊滅的。於是就眞像被鬼一個一個的托着走了。

打過了三更，河沿上一個人也沒有了，河裏邊一個燈也沒有了。

河水是寂靜如常的，小風把河水皺着極細的波浪。月光在河水上邊並不像在海水上邊閃着一片一片的金光，而是月亮落到河底裏去了。似乎那漁船上的人，伸手可以把月亮拿到船上來似的。

河的南岸，盡是柳條叢，河的北岸就是呼蘭河城。

那看河燈回去的人們，也許都睡着了。不過月亮還是在河上照着。

三

野台子戲也是在河邊上唱的。也是秋天，比方這一年秋收好，就要唱一台子戲，感謝天地。若是夏天大旱，人們戴起柳條圈來求雨，在街上幾十人，跑了幾天，唱着，打着鼓。求雨的人不準穿鞋，龍王爺可憐他們在太陽下邊把脚燙得很痛，就因此下了雨了。一下了雨，到秋天就得唱戲的，因爲求雨的時候許下了願。許願就得還願，若是還願的戲就更非唱不可了。一唱就是三天。

在河岸的沙灘上搭起了台子來。這台子是用杆子綁起來的，上邊搭上了蓆棚，下了一點小雨也不要緊，太陽則完全可以遮住的。

戲台搭好了之後，兩邊就搭看台。看台還有樓座。坐在那樓座上是很好的，又風涼，又可以遠眺。不過，樓座是不大容易坐得到的，除非當地的官、紳，別人是不大坐得到的。既不賣票，那怕你就有錢，也沒有辦法。

只搭戲台，就搭三五天。

台子的架一豎起來，城裏的人就說：

「戲台豎起架子來了」。

一上了棚，人就說：

「戲台上棚了。」

戲台搭完了就搭看台，看台是順着戲台的左邊搭一排，右邊搭一排，所以是兩排平行而相對的。一搭要搭出十幾丈遠去。

眼看台子就要搭好了，這時候，接親戚的接親戚，喚朋友的喚朋友。

比方嫁了的女兒，回來住娘家，臨走（回婆家）的時候，做母親的送到大門外，擺着手還說：

「秋天唱戲的時候，再接你來看戲。」

坐着女兒的車子遠了，母親含着眼淚還說：

「看戲的時候接你回來。」

所以一到了唱戲的時候，可並不是簡單的看戲，而是接姑娘喚女婿，熱鬧得很。

東家的女兒長大了，西家的男孩子也該成親了，說媒的這個時候，就走上門來。約定兩家的父母在戲台底下，第一天或是第二天，彼此相看。也有只通知男家而不通知女家的，這叫做「偷看」，這樣的看法，成與不成，沒有關係，比較的自由，反正那家的姑娘也不知道。

所以看戲去的姑娘，個個都打扮得漂亮。都穿了新衣裳，擦了胭脂塗了粉，流海剪得並排齊。頭辮梳得一絲不亂，扎了紅辮根，綠辮稍。也有紮了水紅的，也有紮了蛋青的。走起路來像客人，吃起瓜子來，頭不歪眼不斜的，溫文爾雅，都變成了大家閨秀。有的着蛋青市布長衫，有的穿了藕荷色的，有的銀灰的。有的還把衣服的邊上壓了條，有的蛋青色的衣裳壓了黑條，有的水紅洋紗的衣裳壓了藍條，脚上穿了藍緞鞋，或是黑緞繡花鞋。

鞋上有的繡着蝴蝶，有的繡着蜻蜓，有的繡着蓮花，繡着牡丹的，各樣的都有。

手裏邊拿着花手巾。耳朵上戴了長鉗子，土名叫做「帶穗鉗子」。這帶穗鉗子有兩種，一種是金的，翠的。一種是銅的，琉璃的。有錢一點的戴金的，少微差一點的帶琉璃的。反正都很好看，在耳朵上搖來幌去。黃忽忽，綠森森的。再加上滿臉矜持的微笑，眞不知這都是誰家的閨秀。

那些已嫁的婦女，也是照樣的打扮起來，在戲台下邊，東隣西舍的姊妹們相遇了，好互相的品評。

誰的模樣俊，誰的鬢角黑。誰的手鐲的福泰銀樓的新花樣，誰的壓頭簪又小巧又玲瓏。誰的一雙絳紫緞鞋，眞是繡得漂亮。

老太太雖然不穿什麼帶顏色的衣裳，但也個個整齊，人人利落，手拿長煙袋，頭上撇着大扁方。慈祥，溫靜。

戲還沒有開台，呼蘭河城就熱鬧不得了了，接姑娘的，喚女壻的，有一個很好的童謠：

「拉大鋸，扯大鋸，老爺（外公）門口唱大戲。接姑娘，喚女壻，小外孫也要去。……」

於是乎不但小外孫，三姨二姑也都聚在了一起。

每家如此，殺雞買酒，笑語迎門，彼此談着家常，說着趣事，每夜必到三更，燈油不知浪費了多少。

某村某村，婆婆虐待媳婦。那家那家的公公喝了酒就要酒瘋。又是誰家的姑娘出嫁了剛過一年就生了一對雙生。又是誰的兒子十三歲就定了一家十八歲的姑娘做妻子。

燭火燈光之下，一談了個半夜，眞是非常的溫暖而親切。

一家若有幾個女兒，這幾個女兒都出嫁了，親姊妹，兩三年不能相遇的也有。平常是一個住東，一個住西。不是隔水的就是離山，而且每人有一大羣孩子，也各自有自己的家務，若想彼此過訪，那是不可能的事情。

若是做母親的同時把幾個女兒都接來了，那她們的相遇，眞彷彿已經隔了三十年了。相見之下；眞是不知從何說起，羞羞慚慚，欲言又止，剛一開口又覺得不好意思，過了一刻工夫，耳臉都發起燒來，於是相對無語，心中又喜又悲。過了一袋煙的工夫，等那往上衝的血流落了下去，彼此都逃出了那種昏昏恍恍的境界，這才來找幾句不相干的話來開頭；或是——

「你多喒來的？」

或是：

「孩子們都帶來了？」

關於別離了幾年的事情，連一個字也不敢提。

從表面上看來，她們並不是像姊妹，絲毫沒有親熱的表現。面面相對的，不知道她們兩個人是什麼關係，似乎連認識也不認識，似乎從前她們兩個並沒有見過，而今天是第一次的相見，所以異常的冷落。

但是這只是外表，她們的心裏，就早已溝通着了。甚至於在十天或半月之前，她們的心裏就早已開始很遠的牽動起來，那就是當着她們彼此都接到了母親的信的時候。

那信上寫着迎接她們姊妹回來看戲的。

從那時候起，她們就把要送給姐姐或妹妹的禮物規定好了。

一雙黑大絨的雲子捲，是親手做的。或者就在她們的本城和本鄉裏，有一個出名的染缸房，那染缸房會染出來很好的蔴花布來。於是送了兩匹白布去，囑咐他好好的加細的染着。一匹是白地染藍花，一匹是藍地染白花。藍地的染的是劉海戲金錢，白地的染的是蝴蝶鬧蓮花。

一匹送給大姐姐，一匹送給三妹妹。

現在這東西，就都帶在箱子裏邊。等過了一天二日的，尋個夜深人靜的時候，輕輕的從自己的箱底把這東西等西取出來，擺在姐姐的面前，說：

「這蔴花布被面，你帶回去吧！」

只說了這麼一句，看樣子並不像是送禮物，並不像今人似的，送一點禮物很怕隣居左右看不見，是大嚷大吵着的，說這東西是從什麼山上，或是什麼海裏得來的，那怕是小河溝子的出品，也必要連那小河溝子的身份也提高，說河溝子是怎樣的不凡，是怎樣的與衆不同，可不同別的河溝子。

這等鄉下人，糊裏糊塗的，要表現的，無法表現，什麼也說不出來，只能把東西遞過去就算了事。

至於那受了東西的，也是不會說什麼，連聲道謝也不說，就收下了。也有的稍微推辭了一下，也就收下了。

「留着你自己用吧！」

當然那送禮物的是加以拒絕。一拒絕，也就收下了。

每個回娘家看戲的姑娘，那零零碎碎的帶來一大批東西。送父母的，送兄嫂的，送姪女的，送三親六故的。帶了東西最多的，是凡見了長輩或晚輩都多少有點東西拿得出來，那就是誰的人情最周到。

這一類的事情，等野台子唱完，拆了台子的時候，家家戶戶才慢慢的傳誦。

每個從婆家回娘家的姑娘，也都帶着很豐富的東西，這些都是人家送給她的禮品。東西豐富得很，不但有用的，也有吃的，母親親手裝的鹹肉，姐姐親手曬的乾魚，哥哥上山打獵打了一隻雁來醃上，至今還有一隻雁大腿，這個也給看戲小姑娘帶回去，帶回去給公公去喝酒吧。

於是烏三八四的，離走的前一天晚上，眞是忙了個不休，就要分散的姊妹們連說個話兒的工夫都沒有了。大包小包一大堆。

再說在這看戲的時間，除了看親戚，會朋友，還成了許多好事，那就是誰家的女兒和誰家公子訂婚了，說是明年二月，或是三月就要娶親。訂婚酒，已經吃過了，眼前就要過「小禮」的，所謂「小禮」就是在法律上的訂婚形式，一經過了這番手續，東家的女兒，終歸就要成了西家的媳婦了。

也有男女兩家都是外鄉趕來看戲的，男家的公子也並不在，女家的小姐也並不在。只是兩家的雙親有媒人從中媾通着，就把親事給定了。也有的喝酒作樂的隨便的把自己的女兒許給了人家。也有的男女兩家的公子，小姐都還沒有生出來，就給定下親了。這叫做「指腹爲親」。這指腹爲親的，多半都是相當有點資財的人家才有這樣的事。

兩家都很有錢，一家是本地的燒鍋掌櫃的，一家是白旗屯的大窩堡，兩家是一家種高粱，是一家壓燒酒。壓燒酒的需要高粱，種高粱的需要鍋買他的高粱，燒鍋非高粱不可，高粱非燒鍋不行。恰巧又趕上這兩家的婦人，都要將近生產，所以就「指腹爲親」了。

無管是男家生了男孩子，誰家生了女孩子，只要是一男一女就規定他們是夫婦。假若兩家都生了男孩，都就不能勉强規定了。兩家都生了女孩也是不能够規定的。

但是這指腹爲親，好處不太多，壞處是很多的。半路上當中的一家窮了，不開燒鍋了，或者沒有窩堡了。其餘的一家，就不願意娶他家的媳婦，或是把女兒嫁給一家窮人。假若女家窮了，那還好辦，若實在不娶，他也沒有什麼辦法。若是男家窮了，男家就一定要娶，若一定不讓娶，那姑娘的名譽就很壞，說她把誰家誰給「妨」窮了，又不嫁了。「妨」字在迷信上說就是因爲她命硬，因爲她某家某家窮了。以後她的婆家就不大容易找人家，會給她起一個名叫做「望門方」。無法，只得嫁過去，嫁過去之後，妯娌之間又要說她嫌貧愛富，百般的侮辱她。丈夫因此也不喜歡她了，公公婆婆也虐待她，她一個年青的未出過家門的女子，受不住這許多攻擊，回到娘家去，娘家也無甚辦法，就是那當年指腹爲親的母親說：

「這都是你的命（命運），你好好的耐着吧！」

年青的女子，莫名其妙的，不知道自己爲什麼要有這樣的命，於是往往演出悲劇來，跳井的跳井，上吊的上吊。

古語說，「女子上不了戰場。」

其實不對的，這井多麼深，平白的你問一個男子，問他這井敢跳不敢跳，怕他也不敢的。而一個年青的女子竟敢了，上戰場不一定死，也許回來鬧個一官半職的。可是跳井就很難不死，一跳就多半跳死了。

那麼節婦坊上爲什麼沒寫着讚美女子跳井跳得勇敢的贊詞？那是修節婦坊的人故意給刪去的。因爲修節婦坊的，多半是男人。他家裏也有一個女人。他怕是寫上了，將來他打他女人的時候，他的女人也去跳井。女人也跳下井，留下來一大羣孩子可怎麼辦？於是一律不寫。只寫，溫文爾雅，孝順公婆……

大戲還沒有開台，就來了這許多事情。等大戲一開了台，那戲台下邊，眞是人山人海，擁擠不堪。搭戲台的人，也眞是會搭，正選了一塊平平坦坦的大沙灘，又光滑，又乾淨，使人就是倒在上邊，也不會把衣裳沾一絲兒的土星。這沙灘有半里路長。

人們笑語連天，那裏是在看戲，鬧得比鑼鼓好像更響，那戲台上出來一個穿紅的，進去一個穿綠的，只看見搖搖擺擺的走出走進，別的什麼也不知道了，不用說唱得好不好，就連聽也聽不到。離着近的還看得見不掛鬍子的戲子在張嘴，離得遠的就連戲台那個穿紅衣裳的究竟是一個坤角，還是一個男角也都不大看得清楚。簡直是還不如看木偶戲。

但是若有一個唱木偶戲這時候來在台下，唱起來，問他們看不看，那他們一定不看的，那怕就連戲台子的邊也看不見了，那怕是站在二里路之外，他們也不看那木偶戲的。因為在大戲台底下，那怕就是睡了一覺回去，也總算是從大戲台子底下回的，而不是從什麼別的地方回來的。

一年沒有什麼別的好看，就這一場大戲還能够輕易的放過嗎？所以無論看不看，戲台底下是不能不來。

所以一些鄉下的人也都來了，趕着幾套馬的大車，趕着老牛車，趕着花輪子，趕着小車子，小車子上邊駕着大騾子。總之家裏有什麼車就駕了什麼車來。也有的似乎他們家裏並不養馬，也不養別的牲口，就只用了一匹小毛驢，拉着一個花輪子也就來了。

來了之後，這些車馬，就一齊停在沙灘上，馬匹在草包上吃着草，騾子到河裏去喝水。車子上都搭蓆棚，好像小看台似的，排列在戲台的遠處。那車子帶來了他們的全家，從祖母到孫子媳，老少三輩，他們離着戲台二三十丈遠，聽是什麼也聽不見的，看也很難看到什麼，也不過是五紅大綠的，在戲台上跑着圈子，頭上戴着奇怪的帽子，身上穿着奇怪的衣裳。誰知道那些人都是幹什麼的，有的看了三天大戲子台，而連一場的戲名字也都叫不出來。回到鄉下去。他也跟着人家說長道短的，偶爾人家問了他說的是那齣戲，他竟瞪了眼睛，說不出來了。

至於一些孩子們在戲台底下，就更什麼也不知道了，只記住一個大鬍子，一個花臉的，誰知道那些都是在做什麼，比比劃劃，刀槍棍棒的亂鬧一陣。

反正戲台底下有些賣涼粉的，有些賣糖球的，隨便吃去好了。什麼黏糕，油炸饅頭，豆腐腦都有，這些東西吃了又不飽，吃了這樣再去吃那樣。賣西瓜的，賣香瓜的，戲台底下都有，招得蒼蠅一大堆，嗡嗡的飛。

戲台下敲鑼打鼓震天的響。

那唱戲的人，也似乎怕遠處的人聽不見，也在拚命的喊，喊破了喉嚨也壓不住台的，那在台下的早已忘記了是在看戲。都在那裏說長道短。男男女女的談起家常來。還有些個遠親，平常一年也看不到，今天在這裏看到了，那能不打招呼。所以三姨二嬸子的，就在人多的地方大叫起來，假若是在看台的涼棚裏坐着，忽然有一個老太太站了起來，大叫着說：

「他二舅母，你可多啥來的？」

於是那一方也就應聲而起。原來坐在看台的樓座上的，離着戲比較近，聽唱是聽得到的，所以那看台上比較安靜。姑娘媳婦都吃着瓜子，喝着茶。對這大嚷大叫的人，別人雖然討厭，但也不敢去禁止，你若讓她小一點聲講話，她會罵了出來：

「這野台子戲，也不是你家的，你願聽戲，你請一台子到你家裏去唱……」

另外的一個也說：

「喲喲，我沒見過，看起戲來，都六親不認了，說個話兒也不讓……」

這還是比較好的，還有更不客氣的，一開口就說：

「小養漢老婆……你奶奶，一輩子家裏外頭靡受過誰的大聲小氣，今天來到戲台底下受你的管教來啦，你娘的……」

被罵的人若是不搭言，過一回也就了事了，若一搭言，自然也沒有好聽的。於是兩邊就打了起來啦，西瓜皮之類就飛了過去。

這來在戲台下看戲的，不料自巳竟演起戲來，於是人們一窩蜂似的，都聚在這個眞打眞罵的活戲的方面來了。也有一些流氓混子之類，故意的叫着好，惹得全場的人哄哄大笑。假若打仗的還是個年青的女子，那些討厭的流氓們還會說着各樣的俏皮話，使她火上加油越罵就越兇猛。

自然那老太太無理，她一開口就罵了人。但是一鬧到後來，誰是誰非也就看不出來了。幸而戲台上的戲子總算沉着，不爲所動，還在那裏阿拉阿拉的唱。過了一個時候，那打得熱鬧的也究竟平靜了。

再說戲台下邊也有一些個調情的，那都是南街豆腐房裏的嫂嫂，或是碾磨房的碾官磨官的老婆。碾官的老婆看上了一個趕馬車的車夫。或是豆腐匠看上了開糧米舖那家的小姑娘。有的是兩方面都眉來眼去，有的是一方面慇懃，他一方面則表示要拒之千里之外。這樣的多半是一邊低，一邊高，兩方面的資財不對。

紳士之流，也有調情的，彼此都坐在看台之上，東張張，西望望。三親六故，姐夫小姨之間，未免的就要多看幾眼，何況又都打扮得漂亮，非常好看。

紳士們平常到別人家的客廳去拜訪的時候，絕不能够看上了人家的小姐就不住的看，那該多麼不紳士，那該多麼不講道德。那小姐若一告訴了她的父母，她的父母立刻就和這樣的朋友絕交。絕交了，倒不要緊，要緊的是一傳出去名譽該多壞。紳士是高雅的，那能够不清不白的，那能够不分長幼的去存心朋友的女兒，像那般下等人似的。

紳士彼此一拜訪的時候，都是先讓到客廳裏去，端端莊莊的坐在那裏，而後倒茶裝煙。規矩禮法，彼此都尊爲是上等人。朋友的妻子兒女，也都出來拜見，尊爲長者。在這種時候，只能問問大少爺的書讀了多少，或是又寫了多少字了。連朋友的太太也不可以過多的談話，何況朋友的女兒呢？那就連頭也不能够抬的，那裏還敢細看。

現在在戲台上看看怕不要緊，假設有人問道，就說是東看西看，瞧一瞧是否有朋友在別的看台上。何況這地方又人多眼雜，也許沒有人留意。

三看兩看的，朋友的小姐到沒有看上，可看上了一個不知道在什麼地方見到過的一位婦人，那婦人拿着小小的鵝翎扇子，從扇子梢上往這邊轉着眼珠，雖說是一位婦人，可是又年青，又漂亮。

這時候，這紳士就應該站起來打着口哨，好表示他是開心的，可是我們中國上一輩的老紳士不會這一套。他另外也有一套，就是他的眼睛似睜非睜的迷離恍惚的望了出去，表示他對她有無限的情意。可惜離得太遠，怕不會看得淸楚，也許在枉費了心思了。

也有的在戲台下邊，不聽父母之命，不聽媒勺之言，自己就結了終生不解之緣。這多半是表哥表妹等等，稍有點出身來歷的公子小姐的行爲。他們一言爲定，終生合好。間或也有被父母所阻攔，生出來許多波折。但那波折都是非常美麗的，使人一講起來，眞是比看紅樓夢更有趣味。來年再唱大戲的時候，姊妹們一講起這佳話來，眞是增添了不少的回想……

趕着車進城來看戲的鄉下人，他們就在河邊沙灘上，扎了營了。夜裏大戲散了，人們都回家了，只有這等連車帶馬的，他們就在沙灘上過夜。好像出征的軍人似的，露天爲營。有的住了一夜，第二夜就回去了。有的住了三夜，一直到大戲唱完，才趕着車子回鄉。不用說這沙灘上是很雄壯的，夜裏，他們每家燃了火，煑茶的煑茶，談天的談天，但終歸是人數太少，也不過二三十輛車子。所燃起來的火，也不會火光衝天，所以多少有一些凄涼之感。夜深了，住在河邊上，被河水吸着又特別的涼，人家睡起覺來都覺得冷森森的。尤其是車夫馬倌之類，他們不能够睡覺，怕是有土匪來搶刼他們馬匹，所以就坐以待旦。

於是在紙燈籠下邊，三個兩個的賭錢。賭到天色發白了，該牽着馬到河邊去飲水去了。在河上，遇到了捉蟹的蟹船。蟹船上的老頭說：

「昨天的打漁殺家唱得不錯，聽說今天有汾河灣。」

那牽着牲口飲水的人，是一點大戲常識也沒有的。他只聽到牲口喝水的聲音呵呵的，其他的則不知所答了。

四

四月十八娘娘廟大會，這也是爲着神鬼，而不是爲着人的。

這廟會的土名叫做「逛廟」，也是無分男女老幼都來逛的，但其中以女子最多。

女子們早晨起來，吃了早飯，就開始梳洗打扮。打扮好了，就約了東家姐姐、西家妹妹的去逛廟去了。竟有一起來就先梳洗打扮的，打扮好了，才吃飯，一吃了飯就走了。總之一到逛廟這天，各不後人，到不了半晌午，就車水馬龍，擁擠得氣息不通了。

擠丟了孩子的站在那兒喊，找不到媽的孩子在人叢裏邊哭，三歲的、五歲的，還有兩歲的剛剛會走，竟也被擠去了。

所以每年廟會上必得有幾個警察在收這些孩子。收了站在廟台上，等着他的家人來領。偏偏這些孩子都很膽小，張着嘴大哭，哭得實在可憐，滿頭滿臉是汗。有的十二三歲了，也被丢了，問他家住在那裏？他竟說不出所以然來，東指指，西劃劃，說是他家門口有一條小河溝，那河溝裏邊出蝦米，就叫做「蝦溝子」，也許他家那地名就叫「蝦溝子」，聽了使人莫明其妙。再問他這蝦溝子離城多遠，他便說：騎馬要一頓飯的工夫可到，坐車要三頓飯的工夫可到。究竟離城多遠，他沒有說。問他姓什麼，他說他祖父叫史二，他父親叫史成……這樣你就再也不敢問他了。要問他吃飯沒有？他就說：「睡覺了」。這是沒有辦法的，任他去吧。於是卻連大帶小的一齊站在廟門口，他們哭的哭，叫的叫。好像小獸似的，警察在看守他們。

娘娘廟是在北大街上，老爺廟和娘娘廟離不了好遠，那些燒香的人，雖然說是求子求孫，是先該向娘娘來燒香的，但是人們都以為陰間也是一樣的重男輕女，所以不敢倒反天干。所以都是先到老爺廟去，打過鐘，磕過頭，好像跪到那裏報個到似的，而後才上娘娘廟去。

老爺廟有大泥像十多尊，不知道那個是老爺，都是威風凛凛，氣概蓋世的樣子。有的泥像的手指尖都被攀了去，舉着沒有手指的手在那裏站着，有的眼睛被挖了，像是個瞎子似的。有的泥像的脚指是被寫了一大堆的字，那字不太高雅，不怎麼合乎神的身份。似乎是說泥像也該娶個老婆，不然他看了和尙去找小尼姑，他是要忌妒的。這字現在沒有了，傳說是這樣。

爲了這個，縣官下了手令，不到初一十五，一律的把廟門鎖起來，不准閒人進去。

當地的縣官是很講仁義道德的，傳說他第五個姨太太，就是從尼姑庵接來的。所以他始終相信，尼姑絕不會找和尙。自古就把尼姑列在和尙一起，其實是世人不查，人云亦云。好比縣官的第五房姨太太，就是個尼姑。難道她也被和尙找過了嗎？這是不可能的。

所以下令一律的把廟門關了。

娘娘廟裏比較的清靜，泥像也有一些個，以女子爲多，多半都沒有橫眉豎眼，近乎普通人，使人走進了大殿不必害怕，不用說是娘娘了。那自然是很好的溫順的女性。就說女鬼吧，也都不怎樣惡，至多也不過披頭散髮的就完了，也決沒有像老爺廟裏那般泥像似的，眼睛冒了火，或像老虎似的張着嘴。

不但孩子進了老爺廟有的嚇得大哭，就連壯年的男人進去也要肅然起敬，好像說雖然他在壯年，那泥像若走過來和他打打，他也決打不過那泥像的。

所以在老爺廟上磕頭的人，心裏比較虔誠，因爲那泥像，身子高，力氣大。

到了娘娘廟，雖然也磕頭，但就總覺得那娘娘沒有什麼出奇之處。

塑泥像的人是男人，他把女人塑得很溫順，似乎對女人很尊敬。他把男人塑得很兇猛，似乎男性很不好。其實不對的，世界上的男人，無論多兇猛，眼睛冒火的似乎還未曾見過。就說西洋人吧，雖然與中國人的眼睛不同，但也不過是藍瓦瓦的有點類似貓頭的眼睛而已，居然間冒了火的也沒有。眼睛會冒火的民族，目前的世界還未實現。那麼塑泥像的人爲什麼把他塑成那個樣子呢？那就是讓你一見生畏，不但磕頭，而且要心服。就是磕完了頭站起再看着，也絕不會後悔，不會後悔這頭是向一個平庸無奇的人白白磕了。至於塑像的人塑起女子來爲什麼要那麼溫順，那就告訴人，溫順的就是老實的，老實的就是好欺侮的，告訴人快來欺侮她們吧。

人若老實了，不但異類要來欺侮，就是同類也不同情。

比方女子去拜過了娘娘廟，也不過向娘娘討子討孫。討完了就出來了，其餘的並沒有什麼尊敬的意思。覺得子孫娘娘也不過是個普通的女子而已，只是她的孩子多了一些。

所以男人打老婆的時候便說：

「娘娘還得怕老爺打呢？何況你一個長舌婦！」

可見男人打女人是天理應該，神鬼齊一。怪不得那娘娘廟裏的娘娘特別溫順，原來是常常挨打的緣故。可見溫順也不是怎麼優良的天性，而是被打的結果。甚或是招打的原由。

兩個廟都拜過了的人，就出來了，擁擠在街上。街上賣個玩具的都有，多半玩具都是適於幾歲的小孩子玩的。泥做的泥公雞，雞尾巴上插着兩根紅雞毛，一點也不像，可是使人看去，就比活的更好看。家裏有小孩子的不能不買。何況拿在嘴上一吹又會嗚嗚的響。買了泥公雞，又看見了小泥人，小泥人的背上也有一個洞，這洞裏邊插着一根蘆葦，一吹就響。那聲音好像是訴怨似的，不太好聽。但是孩子們都喜歡，做母親的也一定要買。其餘的如賣哨子的，賣小笛子，賣錢蝴蝶的，賣不倒翁的，其中尤以不倒翁最著名，也最上講究，家家都買，有錢的買大的，沒有錢的，買個小的。大的有一尺多高，二尺來高。小的有小得像個鴨蛋似的。無論大小，都非常靈活，按倒了就起來，起得很快，是隨手就起來的。買不倒翁要當場試驗，間或有生手的工匠所做出來的不倒翁，因屁股太大了，他不願意倒下，也有的倒下了他就不起來。所以買不倒翁的人就把手伸出去，一律把他們按倒，看那個先站起來就買那個，當那一倒一起的時候眞是可笑，攤子旁邊圍了些孩子，專在那裏笑。不倒翁長得很好看，又白又胖。並不是老翁的樣子，也不過他的名叫不倒翁就是了。其實他是一個胖孩子。做得講究一點的，頭頂上還貼了一座毛算是頭髮。有頭髮的比沒有頭髮的要貴二百錢。有的孩子買的時候力爭要戴頭髮的，做母親的捨不得那二百錢，就說到家給他剪點狗毛貼。孩子非要戴毛的不可，選了一個戴毛的抱在懷裏不放。沒有法只得買了。這孩子抱着歡喜了一路，等到家一看，那座毛不知什麼時候已經飛了。於是孩子大哭。雖然母親已經給剪了座狗毛貼上了，但那孩子就總覺得這狗毛不是眞的，不如原來的好看。也許那原來也貼的是狗毛，或許還不如現在的這個好看。但那孩子就總不開心，憂愁了一個下半天。

廟會到下半天就散了。雖然廟會是散了，可是廟門還開着，燒香的人、拜佛的人繼續的還有。有些沒有兒子的婦女，仍舊在娘娘廟上捉弄着娘娘。給子孫娘娘的背後釘一個鈕扣，給她的脚上綁一條帶子，耳朵上掛一隻耳環，給她帶一付眼鏡，把她旁邊的泥娃娃給偷着抱走了一個。據說這樣做，來年就都會生兒子的。

娘娘廟的門口，賣帶子的特別多，婦人們都爭着去買，他們相信買了帶子，就會把兒子給帶來了。

若是未出嫁的女兒，也誤買了這東西，那就將成爲大家的笑柄了。

廟會一過，家家戶戶就都有一個不倒翁，離城遠至十八里路的，也都買了一個回去。回到家裏，擺在迎門的向口，使別人一個眼就看見了，他家的確有一個不倒翁。不差，這證明逛廟會的時節他家並沒有落伍，的確是去逛過了。

歌謠上說：

「小大姐，去逛廟，扭扭搭搭走的俏，回來買個搬不倒。」

五

這些盛舉，都是爲鬼而做的並非爲人而做的。至於人去看戲，逛廟，也不過是揩油借光的意思。

跳大神有鬼，唱大戲是唱給龍王爺看的，七月十五放河燈，是把燈放給鬼，讓他頂着個燈去脫生。四月十八也是燒香磕頭的祭鬼。

只有跳秧歌，是爲活人而不是爲鬼預備的。跳秧歌是在正月十五，正是農閑的時候，趁着新年而化起裝來，男人裝女人，裝得滑稽可笑。

獅子，龍燈，旱船……等等，似乎也跟祭鬼似的，花樣複雜，一時說不淸楚。

第三章

一

呼蘭河這小城裏邊住着我的祖父。

我生的時候，祖父已經六十多歲了，我長到四五歲，祖父就快七十了。

我家有一個大花園，這花園裏蜂子，蝴蝶，蜻蜓，螞蚱，樣樣都有。蝴蝶有白蝴蝶，黃蝴蝶。這種蝴蝶極小，不太好看。好看的是大紅蝴蝶，滿身帶着金粉。

蜻蜓是金的，螞蚱是綠的，蜂子則嗡嗡的飛着，滿身絨毛，落到一朵花上，胖圓圓的就和一個小毛球似的不動了。

花園裏邊明晃晃的，紅的紅，綠的綠，新鮮漂亮。

據說這花園，從前是一個果園。祖母喜歡吃果子就種了果園。祖母又喜歡養羊，羊就把果樹給啃了。果樹於是都死了。到我有記憶的時候，園子裏就只有一棵櫻桃樹，一棵李子樹，因爲櫻桃和李子都不大結果子，所以覺得他們是並不存在的。小的時候，只覺得園子裏邊就有一棵大榆樹。

這榆樹　在園子的西北角上，來了風，這榆樹先嘯，來了雨，大榆樹先就冒煙了。太陽一出來，大榆樹的葉子就發光了，它們閃爍得和沙灘上的蚌殼一樣了。

祖父一天都在後園裏邊，我也跟着祖父在後園裏邊。祖父帶一個大草帽，我戴一個小草帽，祖父栽花，我就栽花，祖父拔草，我就拔草。當祖父下種種小白菜的時候，我就跟在後邊，把那下了種的土窩，用脚一個一個的溜平，那裏會溜得準，東一脚的，西一脚的瞎鬧。有的把菜種不單沒被土蓋上，反而把菜子踢飛了。

小白菜長得非常之快，沒有幾天就冒了芽了。一轉眼就可以拔下來吃了。

祖父鏟地，我也鏟地，因爲我太小，拿不動那鋤頭杆，祖父就把鋤頭杆拔下來，讓我單拿着那個鋤頭的「頭」來鏟。其實那裏是鏟，也不過爬在地上，用鋤頭亂勾一陣就是了。也認不得那個是苗，那個是草。往往把韮菜當做野草一起的割掉，把狗尾草當做穀穗留着。

等祖父發現我鏟的那塊滿留着狗尾草的一片，他就問我：

「這是什麼？」

我說：

「穀子。」

祖父大笑起來，笑得够了，把草摘下來問我：

「你每天吃的就是這個嗎？」

我說：

「是的。」

我看着祖父還在笑，我就說：

「你不信，我到屋裏拿來你看。」

我跑到屋裏拿了鳥籠上的一頭穀穗，遠遠的就抛給祖父了。說：

「這不是一樣的嗎？」

祖父慢慢的把我叫過去，講給我聽，說穀子是有芒針的。狗尾草則沒有，只是毛嘟嘟的眞像狗尾巴。

祖父雖然教我，我看了也並不細看，也不過馬馬虎虎承認下來就是了。一抬頭看見了一個黃瓜長大了，跑過去摘下來，我又去吃黃瓜去了。

黃瓜也許沒有吃完，又看見了一個大蜻蜓從旁飛過，於是丢了黃瓜又去追蜻蜓去了。蜻蜓飛得多麼快，那裏會追得上。好者一開初也沒有存心一定追上，所以站起來，跟了蜻蜓跑了幾步就又去做別的去了。

採一個倭瓜花心，捉一個大綠豆青螞蚱，把螞蚱腿用線綁上，綁了一會，也許把螞蚱腿就綁掉，線頭上只拴了一隻腿，而不見螞蚱了。

玩膩了，又跑到祖父那裏去亂鬧一陣，祖父澆菜，我也搶過來澆，奇怪的就是並不往菜上澆，而是拿着水瓢，拚盡了力氣，把水往天空裏一揚，大喊着：

「下雨了，下雨了。」

太陽在園子裏是特大的，天空是特別高的，太陽的光芒四射，亮得使人睜不開眼睛，亮得蚯蚓不敢鑽出地面來，蝙蝠不敢從什麼黑暗的地方飛出來。是凡在太陽下的，都是健康的，漂亮的，拍一拍連大樹都會發響的，叫一叫就是站在對面的土牆都會回答似的。

花開了，就像花睡醒了似的。鳥飛了，就像鳥上天了似的。蟲子叫了，就像蟲子在說話似的。一切都活了。都有無限的本領，要做什麼，就做什麼。要怎麼樣，就怎麼樣。都是自由的。矮瓜願意爬上架就爬上架，願意爬上房就爬上房。黃瓜願意開一個謊花，就開一個謊花，願意結一個黃瓜就結一個黃瓜。若都不願意，就是一個黃瓜也不結，一朵花也不開，也沒有人問它似的。玉米願意長多高就長多高，他若願意長上天去，也沒有人管。蝴蝶隨意的飛，一會從牆頭上飛來一對黃蝴蝶，一會又從牆頭上飛走了一個白蝴蝶。它們是從誰家來的，又飛到誰家去？太陽也不知道這個。

只是天空藍悠悠的，又高又遠。

可是白雲一來了的時候，那大團的白雲，好像洒了花的白銀似的，從祖父的頭上經過，好像要壓到了祖父的草帽那麼低。

我玩累了，就在房子底下找個陰涼的地方睡着了。不用枕頭，不用席子，就把草帽遮在臉上就睡了。

二

祖父的眼睛是笑盈盈的，祖父的笑，常常笑成和孩子似的。

祖父是個長得很高的人，身體很健康，手裏喜歡拿着個手杖。嘴上則不住的抽着旱煙管，遇到了小孩子，每每喜歡開個玩笑，說：

「你看天空飛個家雀。」

趁那孩子往天空一看，就伸出手去把那孩子的帽給取下來了，有的時候放在長衫的下邊，有的時候放在袖口裏頭。他說：

「家雀刁走了你的帽啦。」

孩子們都知道了祖父的這一手了，並不以爲奇，就抱住他的大腿，向他要帽子，摸着他的袖管，撕着他的衣襟，一直到找出帽子來爲止。

祖父常常這樣做，也總是把帽放在同一的地方，總是放在袖口和衣襟下。那些搜索他的孩子沒有一次不是在他衣襟下把帽子拿出來的，好像他和孩子們約定了似的，「我就放在這塊，你來找吧！」

這樣的不知做過了多少次，就像老太太永久講着「上山打老虎」這一個故事給孩子們聽似的，那怕是已經聽過了五百遍，也還是在那裏回回拍手，回回叫好。

每當祖父這樣做一次的時候，祖父和孩子們都一齊的笑得不得了。好像這戲還像第一次演似的。

別人看了祖父這樣做，也有笑的，可不是笑祖父的手法好，而是笑他天天使用一種方法抓掉了孩子的帽子，這未免可笑。

祖父不怎樣會理財，一切家務都由祖母管理。祖父只是自由自在的一天閑着，我想，幸好我長大了，我三歲了，不然祖父該多寂寞。我會走了，我會跑了。我走不動的時候，祖父就抱着我，我走動了，祖父就拉着我。一天到晚，門裏門外，寸步不離，而祖父多半是在後園裏，於是我也在後園裏。

我小的時候，沒有什麼同伴，我是我母親的第一個孩子。

我記事很早，在我三歲的時候，我記得我的祖母用針刺過我的手指，所以我很不喜歡她。我家的窗子，都是四邊糊紙，當中嵌着玻璃，祖母是有潔癖的，以她屋的窗紙最白淨。別人抱着把我一放在祖母的炕邊上，我不加思索的就要往炕裏邊跑，跑到窗子那裏，就伸出手去，把那白白透着花窗櫺的紙窗給通了幾個洞，若不加阻止，就必得挨着排給通破，若有人招呼着我，我也得加速的搶着多通幾個才能停止。手指一觸到窗上，那紙窗像小鼓似的，嘭嘭的就破了。破得越多，自己越得意。祖母若來追我的時候，我就越得意了，笑得拍着手，跳着脚的。

有一天祖母看我來了，她拿了一個大針就到窗子外邊去等我去了。我剛一伸出手去，手指就痛得厲害。我就叫起來了。那就是祖母用針刺了我。

從此，我就記住了，我不喜她。

雖然她也給我糖吃，她咳嗽時吃豬腰燒川貝母，也分給我豬腰，但是我吃了豬腰還是不喜她。

在她臨死之前，病重的時候，我還曾嚇了她一跳。有一次她自己一個人坐在坑上熬藥，藥壺是坐在炭火盆上，因爲屋裏特別的寂靜，聽得見那藥壺骨碌骨碌的響。祖母住着兩間房子，是裏外屋，恰巧外屋也沒有人，裏屋也沒人，就是她自己。我把門一開，祖母並沒有看見我，於是我就用拳頭在板隔壁上，咚咚的打了兩拳。我聽到祖母「喲」的一聲，鐵火剪子就掉了地上了。

我再探頭一望，祖母就罵起我來。她好像就要下地來追我似的。我就一邊笑着，一邊跑了。

我這樣的嚇唬祖母，也並不是向她報仇，那時我才五歲，是不曉得什麼的。也許覺得這樣好玩。

祖父一天到晚是閑着的，祖母什麼工作也不分配給他。只有一件事，就是祖母的地䙓上的擺設，有一套錫器，卻總是祖父擦的。這可不知道是祖母派給他的，還是他自動的願意工作，每當祖父一擦的時候，我就不高興，一方面是不能領着我到後園裏去玩了，另一方面祖父因此常常挨駡，祖母駡他懶，駡他擦的不乾淨。祖母一駡祖父的時候，就常常不知爲什麼連我也駡上。

祖母一駡祖父，我就拉着祖父的手往外邊走，一邊說，

「我們後園裏去吧。」

也許因此祖母也駡了我。

她駡祖父是「死腦瓜骨」，駡我是「小死腦瓜骨」。

我拉着祖父就到後園裏去了，一到了後園裏，立刻就另是一個世界了。決不是那房子裏的狹窄的世界。而是寬廣的，人和天地在一起，天地是多麼大，多麼遠，用手摸不到天空。而土地上所長的又是那麼繁華，一眼看上去，是看不完的，只覺得眼前鮮綠的一片。

一到後園裏，我就沒有對象的奔了出去，好像我是看準了什麼而奔去了似的，好像有什麼在那兒等着我似的。其實我是什麼目的也沒有。只覺得這園子裏邊無論什麼東西都是活的，好像我的腿也非跳不可了。

若不是把全身的力量跳盡了，祖父怕我累了想招呼住我，那是不可能的，反而他越招呼，我

越不聽話。

等到自己實在跑不動了，才坐下來休息，那休息也是很快的，也不過隨便在秧子上摘下一個黃瓜來，吃了也就好了。

休息好了又是跑。

櫻桃樹，明是沒有結櫻桃，就偏跑到樹上去找櫻桃。李子樹是半死的樣子了，本不結李子的，就偏去找李子。一邊在找還一邊大聲的喊，在問着祖父：

「爺爺，櫻桃樹爲什邊不結櫻桃？」

祖父老遠的回答着。

「因爲沒有開花，就不結櫻桃。」

再問：

「爲什麼櫻桃樹不開花？」

祖父說：

「因爲你嘴饞，它就不開花。」

我一聽了這話，明明是嘲笑我的話，於是就飛奔着跑到祖父那裏，似乎是很生氣的樣子。等祖父把眼睛一抬，他用了完全沒有惡意的眼睛一看我，我立刻就笑了。而且是笑了半天的工夫才能够止住，不知那裏來了那許多麼高興。把後園一時都讓我攪亂了，我笑的聲音不知有多大，自己都感到震耳了。

後園中有一棵玫瑰。一到五月就開花的。一直開到六月。花朵和醬油碟那麼大。開得很茂盛，滿樹都是，因爲花香，招來了很多的蜂子，嗡嗡的在玫瑰樹那兒鬧着。

別的一切都玩厭了的時候，我就想起來去摘玫瑰花，摘了一大堆把草帽脫下來用帽兜子盛着。在摘那花的時候，有兩種恐懼，一種是怕蜂子的勾刺人，另一種是怕玫瑰的刺刺手。好不容易摘了一大堆，摘完了可又不知道做什麼了。忽然異想天開，這花若給祖父戴起來該多好看。

祖父蹲在地上拔草，我就給他戴花。祖父只知道我在是捉弄他的帽子，而不知道我到底是在幹什麼。我把他的草帽給他插了一圈的花，紅通通的二三十朵。我一邊插着一邊笑，當我聽到祖父說：

「今年春天雨水大，咱們這棵玫瑰開得這麼香。二里路也怕聞得到的。」

就把我笑得哆嗦起來。我幾乎沒有支持的能力再插上去。等我插完了，祖父還是安然的不曉得。他還照樣的拔着壠上的草。我跑得很遠的站着，我不敢往祖父那邊看，一看就想笑。所以我借機進屋去找一點吃的來，還沒有等我回到園中，祖父也進屋來了。

那滿頭紅通通的花朵，一進來祖母就看見了。她看見什麽也沒說，就大笑了起來。父親母親也笑了起來，而以我笑得最厲害，我在炕上打着滾笑。

祖父把帽子摘下來一看，原來那玫瑰的香並不是因爲今年春天雨水大的緣故，而是那花就頂在他的頭上。

他把帽子放下，他笑了十多分鐘還停不住，過一會一想起來，又笑了。

祖父剛有點忘記了，我就在旁邊提着說：

「爺爺……今年春天雨水大呀……」

一提起，祖父的笑就來了。於是我也在炕上打起滾來。

就這樣一天一天的，祖父，後園，我，這三樣是一樣也不可缺少的了。

刮了風，下了雨，祖父不知怎樣，在我卻是非常寂寞的了。去沒有去處，玩沒有玩的，覺得這一天不知有多少日子那麽長。

三

偏偏這後園每年都要封閉一次的，秋雨之後這花園就開始凋零了，黃的黃，敗的敗，好像很快似的一切花朵都滅了。好像有人把它們摧殘了似的。它們一齊都沒有從前那麽健康了。好像它們都很疲倦了，而要休息了似的，好像要收拾收拾回家去了似的。

大楡樹也是落着葉子，當我和祖父偶爾在樹下坐坐，樹葉竟落在我的臉上來了。樹葉飛滿了後園。

沒有多少時候，大雪又落下來了，後園就被埋住了。

通到園去的後門，也用泥封起來了，封得很厚，整個的冬天掛着白霜。

我家住着五間房子，祖母和祖父共住兩間，母親和父親共住兩間。祖母住的是西屋，母親住的是東屋。

是五間一排的正房，廚房在中間，一齊是玻璃窗子，靑磚牆，瓦房間。

祖母的屋子，一個是外間，一個是內間。外間裏擺着大躺箱，地長桌，太師椅。椅子上鋪着紅椅墊，躺箱上擺着硃砂瓶，長桌上列着坐鐘。鐘的兩邊站着帽筒。帽筒上並不掛着帽子，而插着幾個孔雀翎。

我小的時候，就喜歡這個孔雀翎，我說它有金色的眼睛，總想用手摸一摸，祖母就一定不讓摸，祖母是有潔癖的。

還有祖母的躺箱上擺着一個坐鐘，那坐鐘是非常稀奇的，畫着一個穿着古裝的大姑娘，好像活了似的，每當我到祖母屋去，若是屋子裏沒有人，他就總用眼睛瞪我，我幾次的告訴過祖父，祖父說：

「那是畫的，她不會瞪人。」

我一定說她是會瞪人的，因爲我看得出來，她的眼珠像是會轉。

還有祖母的大躺箱上也盡雕着小人，盡是穿古裝衣裳的，寬衣大袖，還帶頂子，帶着翎子。滿箱子都刻着，大概有二三十個人，還有吃酒的，吃飯的，還有作揖的……

我總想要細看一看，可是祖母不讓我沾邊，我還離得很遠的，她就說：

「可不許用手摸，你的手髒。」

祖母的內間裏邊，在牆上掛着一個很古怪很古怪的掛鐘，掛鐘的下邊用鐵鍊子垂着兩穗鐵包米。鐵包米比眞的包米大了很多，看起來非常重，似乎可以打死一個人。再往那掛鐘裏邊看就更希奇古怪了，有一個小人，長着藍眼珠，鐘擺一秒鐘就響一下，鐘擺一響，那眼珠就同時一轉。

那小人是黃頭髮，藍眼珠，跟我相差太遠，雖然祖父告訴我，說那是毛子人，但我不承認她，我看她不像什麼人。

所以我每次看這掛鐘，就半天半天的看，都看得有點發呆了。我想：這毛子人就總在鐘裏邊呆着嗎？永久也不下來玩嗎？

外國人在呼蘭河的土語叫做「毛子人」。我四五歲的時候，還沒有見過一個毛子人，以爲毛子人就是因爲她的頭髮毛烘烘的捲着的緣故。

祖母的屋子除了這些東西，還有很多別的，因爲那時候，別的我都不發生什麼趣味，所以只記住了這三五樣。

母親的屋裏，就連這一類的古怪玩藝也沒有了，都是些普通的描金櫃，也是些帽筒，花瓶之類，沒有什麼好看的，我沒有記住。

這五間房子的組織，除了四間住房一間廚房之外。還有極小的，極黑的兩個小後房。祖母一個，母親一個。

那裏邊裝着各種樣的東西，因爲是儲藏室的緣故。

罈子罐子，箱子櫃子，筐子簍子。除了自己家的東西，還有別人寄存的。

那裏邊是黑的，要端着燈進去才能看見。那裏邊的耗子很多，蜘蛛網也很多。空氣不大好，永久有一種撲鼻的和藥的氣味似的。

我覺得這儲藏室很好玩，隨便打開那一隻箱子，裏邊一定有一些好看的東西，花絲線，各種色的綢條，香荷包，搭腰，褲腿，馬蹄袖，繡花的領子。古香古色，顏色都配得特別的好看。箱子裏邊也常常有藍翠的耳環或戒指，被我看見了，我一看見就非要一個玩不可，母親就常常隨手拋給我一個。

還有些桌子帶着抽屜的，一打開那裏邊更有些好玩的東西，銅環，木刀，竹尺，觀音粉。這些個都是我在別的地方沒有看過的。而且這抽屜始終也不鎖的。所以我常常隨意的開，開了就把樣樣，似乎是不加選擇的都搜了出去，左手拿着木頭刀，右手拿着觀音粉，這裏砍一下，那裏畫一下。後來我又得到了一個小鋸，用這小鋸，我開始毀壞起東西來，在椅子腿上鋸一鋸，在炕沿上鋸一鋸。我自己竟把我自己的小木刀也鋸壞了。

無論吃飯和睡覺，我這些東西都帶在身邊，吃飯的時候，我就用這小鋸，鋸着饅頭。睡覺做起夢來還喊着。

「我的小鋸那裏去了？」

儲藏室好像變成我探險的地方了。我常常趁着母親不在屋我就打開門進去了。這儲藏室也有一個後窗，下半天也有一點亮光，我就趁着這亮光打開了抽屜，這抽屜已經被我翻得差不多的了，沒有什麼新鮮的了。翻了一會，覺得沒有什麼趣味了，就出來了。到後來連一塊水膠，一段繩頭都讓我拿出來了，把五個抽屜通通拿空了。

除了抽屜還有筐子籠子，但那個我不敢動，似乎每一樣都是黑洞洞的，灰塵不知有多厚，蛛網蛛絲的不知有多少，因此我連想也不想動那東西。

記得有一次我走到這黑屋子的極深極遠的地方去，一個發響的東西撞住我的脚上，我摸起來抱到光亮的地方一看，原來是一個小燈籠，用手指把灰塵一劃，露出來是個紅玻璃的。

我在一兩歲的時候，大概我是見過燈籠的，可是長到四五歲，反而不認識了。我不知道這是個什麼。我抱着去問祖父去了。

祖父給我擦乾淨了，裏邊點上個洋臘燭，於是我歡喜得就打着燈籠滿屋跑，跑了好幾天，一直到把這燈籠打碎了才算完了。

我在黑屋子裏邊又碰到了一塊木頭，這塊木頭是上邊刻着花的，用手一摸，很不光滑，我拿出來用小鋸鋸着。祖父看見了，說：

「這是印帖子的帖板。」

我不知道什麼叫帖子，祖父刷上一片墨刷一張給我看，我只看見印出來幾個小人。還有一些亂七八糟的花，還有字。祖父說：

「咱們家開燒鍋的時候，發帖子就是用這個印的，這是一百吊的……還有伍十吊的十吊的……」

祖父給我印了許多，還用鬼子紅給我印了些紅的。

還有戴纓子的清朝的帽子，我也拿了出來戴上。多少年前的老大的鵝翎扇子，我也拿了出來吹着風。翻了一瓶莎仁出來，那是治胃病的藥，母親吃着，我也跟着吃。

不久，這些八百年前的東西，都被我弄出來了。有些是祖母保存着的，有些是已經出了嫁的姑母的遺物，已經在那黑洞洞的地方放了多少年了，連動也沒有動過，有些個快要腐爛了，有些個生了蟲子，因爲那些東西早被人們忘記了，好像世界上已經沒有那麼一回事了。而今天忽然又來到了他們的眼前，他們受了驚似的又恢復了他們的記憶。

每當我拿出一件新的東西的時候，祖母看見了，祖母說：

「這是多少年前的了！這是你大姑在家裏邊玩的……」

祖父看見了，祖父說：

「這是你二姑在家時用的……」

這是你大姑的扇子，那是你三姑的花鞋……都有了來歷。但我不知道誰是我的三姑，誰是我的大姑。也許我一兩歲的時候，我見過她們，可是我到四五歲時，我就不記得了。

我祖母有三個女兒，到我長起來時，她們都早已出嫁了。可見二三十年內就沒有小孩子了。而今也只有我一個。實在的還有一個小弟弟，不過那時他才一歲半歲的，所以不算他。

家裏邊多少年前放的東西，沒有動過，他們過的是既不向前，也不回頭的生活，是凡過去的，都算是忘記了，未來的他們也不怎樣積極的希望着，只是一天一天的平板的，無怨無尤的在他們祖先給他們準備好的口糧之中生活着。

等我生來了，第一給了祖父的無限的歡喜，等我長大了，祖父非常的愛我。使我覺得在這世界上，有了祖父就够了，還怕什麼呢？雖然父親的冷淡，母親的惡言惡色，和祖母的用針刺我手指的這些事，都覺得算不了什麼。何況又有後花園！後園雖然讓冰雪給封閉了，但是又發現了這儲藏室。這裏邊是無窮無盡的什麼都有，這裏邊寶藏着的都是我所想像不到的東西，使我感到這世界上的東西怎麼這樣多！而且樣樣好玩，樣樣新奇。

比方我得到了一包顏料，是中國的大綠，看那顏料閃着金光，可是往指甲上一染，指甲就變綠了，往胳臂上一染，胳臂立刻飛來了一張樹葉似的。實在是好看，也實在是莫明其妙，所以心裏邊就暗暗的歡喜，莫非是我得了寶貝嗎？

得了一塊觀音粉。這觀音粉往門上一劃，門就白了一道，往窗上一劃，窗就白了一道。這可眞有點奇怪，大概祖父寫字的墨是黑墨，而這是白墨吧。

得了一塊圓玻璃，祖父說是「顯微鏡」。他在太陽底下一照，竟把祖父裝好的一袋煙照着了。

這該多麽使人歡喜，什麽什麽都會變的。你看他是一塊廢鐵，說不定他就有用，比方我檢到一塊四方的鐵塊，上邊有一個小窩。祖父把榛子放在小窩裏邊，打着榛子給我吃。在這小窩裏打，不知道比用牙咬要快了多少倍。何況祖父老了，他的牙又多半不大好。

我天天從那黑屋子往外搬着，而天天有新的。搬出來一批，玩厭了，弄壞了。就再去搬。

因此使我的祖父，祖母常常的慨嘆。

他們說這是多少年前的了，連我的第三個姑母還沒有生的時候就有這東西。那是多少年前的了，還是分家的時候，從我曾祖那裏得來的呢。又那樣那樣是什麽人送的，而那家人家到今天也都家敗人亡了，而這東西還存在着。

又是我在玩着的那葡蔓藤的手鐲，祖母說她就戴着這個手鐲，有一年夏天坐着小車子，抱着我大姑去回娘家，路上遇了土匪，把金耳環給摘去了，而沒有要這手鐲。若也是金的銀的，那該多危險，也一定要被搶去的。

我聽了問她：

「我大姑在那兒？」

祖父笑了。祖母說：

「你大姑的孩子比你都大了。」

原來是四十年前的事情，我那裏知道。可是藤手鐲卻戴在我的手上，我舉起手來，搖了一陣，那手鐲好像風車似的，滴溜溜的轉，手鐲太大了，我的手太細了。

祖母看見我把從前的東西都搬出來了，她常常駡我：

「你這孩子，沒有東西不拿着玩的，這小不成器的……」

她嘴裏雖然是這樣說，但她又在光天化日之下得以重看到這東西，也似乎給了她一些回憶的滿足。所以她說我是並不十分嚴刻的，我當然是不聽她，該拿還是照舊的拿。

於是我家裏久不見天日的東西，經我這一搬弄，才得以見了天日。於是壞的壞，扔的扔，也就都從此消滅了。

我有記憶的第一個冬天，就這樣過去了。沒有感到十分的寂寞，但總不如在後園裏那樣玩着好。但孩子是容易忘記的，也就隨遇而安了。

四

第二年夏天，後園裏種了不少的韮菜，是因爲祖母喜歡吃韮菜餡的餃子而種的。

可是當韮菜長起來時，祖母就病重了，而不能吃這韮菜了，家裏別的人也沒有吃這韮菜，韮菜就在園子裏荒着。

因爲祖母病重，家裏非常熱鬧，來了我的大姑母，又來了我的二姑母。

二姑母是坐着她自家的小車子來的。那拉車的騾子掛着鈴鐺，嘩嘩啷啷的就停在窗前了。

從那車上第一個就跳下來一個小孩，那小孩比我高了一點，是二姑母的兒子。

他的小名叫「小蘭」，祖父讓我向他叫蘭哥。

別的我都不記得了，只記得不大一會工夫我就把他領到後園裏去了。

告訴他這個是玫瑰樹，這個是狗尾草，這個是櫻桃樹，櫻桃樹是不結櫻桃的，我也告訴了他。

不知道在這之前他見過我沒有，我可並沒有見過他。

我帶他到東南角上去看那棵李子樹時，還沒有走到眼前，他就說：

「這樹前年就死了。」

他說了這樣的話，是使我很吃驚的。這樹死了，他可怎麼知道的？心中立刻來了一種忌妒的情感，覺得這花園是屬於我的，和屬於祖父的，其餘的人連曉得也不該曉得才對的。

我問他：

「那麼你來過我們家嗎？」

他說他來過。

這個我更生氣了，怎麼他來我不曉得呢？

我又問他：

「你什麼時候來過的？」

他說前年來的，他還帶給我一個毛猴子。他問着我：

「你忘了嗎？你抱着那毛猴子就跑，跌倒了你還哭了哩！」

我無論怎樣想，也想不起來了。不過總算他送給我過一個毛猴子，可見對我是很好的，於是我就不生他的氣了。

從此天天就在一塊玩。

他比我大三歲，已經八歲了，他說他在學堂裏邊念了書的，他還帶來了幾本書，晚上在煤油燈下他還把書拿出來給我看。書上有小人，有剪刀，有房子。因爲都是帶着圖，我一看就連那字似乎也認識了，我說：

「這念剪刀這念房子。」

他說不對：

「這念剪，這念房。」

我拿過來一細看，果然都是一個字，而不是兩個字，我是照着圖念的，所以錯了。

我也有一盒方字塊，這邊是圖，那邊是字，我也拿出來給他看了。

從此整天的玩。祖母病重與否，我不知道。不過在她臨死的前幾天就穿上了滿身的新衣裳，好像要出門做客似的。說是怕死了來不及穿衣裳。

因爲祖母病重，家裏熱鬧得很，來了很多親戚。忙忙碌碌不知忙些個什麼。有的拿了些白布撕着，撕得一條一塊的，撕得非常的響亮，旁邊就有人拿着針在縫那白布。還有的把一個小罐，裏邊裝了米，罐口蒙上了紅布。還有的在後園門口攏起火來，在鐵火勺裏邊炸着面餅了。問她：

「這是什麼？」

「這是打狗餑餑。」

她說陰間有十八關，過到狗關的時候，狗就上來咬人，用這餑餑一打，狗吃了餑餑就不咬人了。

似乎是姑妄言之姑妄聽之，我沒有聽進去。

家裏邊的人越繁華，我就越寂寞，走到屋裏，問問這個，問問那個，一切都不理解。祖父也似乎把我忘記了。我從後園裏捉了一個特別大的螞蚱送給他去看，他連看也沒有看，就說：

「眞好，眞好，上後園去玩去吧！」

新來的蘭哥也不陪我時，我就在後園裏一個人玩。

五

祖母已經死了，人們都到龍王廟上去報過廟回來了。而我還在後園裏邊玩着。

後園裏邊下了點雨，我想要進屋去拿草帽去，走到醬缸旁邊，（我家的醬缸是放在後園裏的）一看，有雨點拍拍的落到缸帽子上。我想這缸帽子該多大，遮起雨來，比草帽一定更好。

於是我就從缸上把它翻下來了，到了地上它還亂滾一陣，這時候，雨就大了。我好不容易才設法鑽進這缸帽子去。因爲這缸帽子太大了，差不多和我一般高。

我頂着它，走了幾步，覺得天昏地暗。而且重也是很重的，非常吃力。而且自己已經走到那裏了，自己也不曉，只曉得頭頂上拍拍拉拉的打着雨點，往脚下看着，脚下只是些狗尾草和韮菜。找了一個韮菜很厚的地方，我就坐下了，一坐下這缸帽子就和個小房似的扣着我。這比站着好得多，頭頂不必頂着，帽子就扣在韮菜地上。但是裏邊可是黑極了，什麼是看不見。

同時聽什麼聲音，也覺得都遠了。大樹在風雨裏邊被吹得嗚嗚的，好像大樹已經被搬到別人家的院子去在似的。

韮菜是種在北牆根上，我是坐在韮菜上。北牆根離家裏的房子很遠的，家裏邊那鬧嚷嚷的聲音，也像是來在遠方。

我細聽了一會，聽不出什麼來，還是在我自己的小屋裏邊坐着。這小屋這麼好，不怕風，不怕雨。站起來走的時候，頂着屋蓋就走了，有多麼輕快。

其實是很重的了，頂起來非常吃力。

我頂着缸帽子，一路摸索着，來到了後門口，我是要頂給爺爺看看的。

我家的後門坎特別高，邁也邁不過去，因爲缸帽子太大，使我抬不起腿來。好不容易兩手把腿拉着，弄了半天，總算是過去了。雖然進了屋，仍是不知道祖父在什麼方向，於我就大喊，正在這喊之間，父親一脚把我踢翻了，差點沒把我踢到竈口的火堆上去。缸帽子也在地上滾着。

等人家把我抱了起來，我一看，屋子裏的人，完全不對了，都穿了白衣裳。

再一看，祖母不是睡在炕上，而是睡在一張長板上。

從這以後祖母就死了。

六

祖母一死，家裏繼續着來了許多親戚，有的拿着香、紙，到靈前哭了一陣就回去了。有的就帶着大包小包的來了就住下了。

大門前邊吹着喇叭，院子裏搭了靈棚，哭聲終日，一鬧鬧了不知多少日子。請了和尚道士來，一鬧鬧到半夜，所來的都是吃、喝、說、笑。

我也覺得好玩，所以就特別高興起來。又加上從前我沒有小同伴，而現在有了。比我大的，比我小的，共有四五個。我們上樹爬牆，幾乎連房頂也要上去了。

他們帶我到小門洞子頂上去捉鴿子，搬了梯子到房檐頭上去捉家雀。後花園雖然大，已經裝不下我了。

我跟着他們到井口邊去往井裏邊看，那井是多麼深，我從未見過。在上邊喊一聲，裏邊有人回答。用一個小石子投下去，那響聲是很深遠的。

他們帶我到糧食房子去，到碾磨房去，有時候竟把我帶到街上，是已經離開家了，不跟着家人在一起，我是從來沒有走過這樣遠。

不料除了後園之外，還有更大的地方，我站在街上，不是看什麽熱鬧，不是看那街上的行人車馬，而是心裏邊想：是不是我將來一個人也可以走得很遠？

有一天，他們把我帶到南河沿上去了，南河沿離我家本不算遠，也不過半里多地。可是因爲我是第一次去，覺得實在很遠。走出汗來了。走過一個黃土坑，又過一個南大營，南大營的門口，有兵把守門。那營房的院子大得在我看來太大了，實在是不應該。我們的院子就够大的了，怎麼能比我們家的院子更大呢，大得有點不大好看了，我走過了，我還囘過頭來看。

路上有一家人家，把花盆擺到牆頭上來了，我覺得這也不大好，若是看不見人家偷去呢！

還看見了一座小洋房，比我們家的房不知好了多少倍。若問我，那裏好？我也說不出來，就覺得那房子是一色新，不像我家的房子那麼陳舊。

我僅僅走了半里多路，我所看見的可太多了。所以覺得這南河沿實在遠。問他們：

「到了沒有？」

他們說：

「就到的，就到的。」

果然，轉過了大營房的牆角，就看見河水了。

我第一次看見河水，我不能曉得這河水是從什麼地方來的？走了幾年了。

那河太大了，等我走到河邊上，抓了一把沙子拋下去，那河水簡直沒有因此而髒了一點點。河上有船，但是不很多，有的往東去了，有的往西去了。也有的划到河的對岸去的，河的對岸似乎沒有人家，而是一片柳條林。再往遠看，就不能知道那是什麼地方了，因爲也沒有人家，也沒有房子，也看不見道路，也聽不見一點音響。

我想將來是不是我也可以到那沒有人的地方去看一看。

除了我家的後園，還有街道。除了街道，還有大河。除了大河，還有柳條林。除了柳條林，還有更遠的，什麼也沒有的地方，什麼也看不見的地方，什麼聲音也聽不見的地方。

究竟除了這些，還有什麼，我越想越不知道了。

就不用說這些我未曾見過的。就說一個花盆吧，就說一座院子吧。院子和花盆，我家裏都有。但說那營房的院子就比我家的大，我家的花盆是擺在後園裏的，人家的花盆就擺到牆頭上來了。

可見我不知道的一定還有。

所以祖母死了，我竟聰明了。

七

祖母死了，我就跟祖父學詩。因爲祖父的屋子空着，我就鬧着一定要睡在祖父那屋。

早晨念詩，晚上念詩，半夜醒了也是念詩。念了一陣，念困了再睡去。

祖父教我的有千家詩，並沒有課本，全憑口頭傳誦，祖父念一句，我就念一句。

祖父說：

「少小離家老大回……」

我也說：

「少小離家老大回……」

都是些什麼字，什麼意思，我不知道，只覺得念起來那聲音很好聽。所以很高興的跟着喊。我喊的聲音，比祖父的聲音更大。

我一念起詩來，我家的五間房都可以聽見，祖父怕我喊壞了喉嚨，常常警告着我說：

「房蓋被你抬走了。」

聽了這笑話，我略微笑了一會工夫，過不了多久，就又喊起來了。

夜裏也是照樣的喊，母親嚇唬我，說再喊她要打我。

祖父也說：

「沒有你這樣念詩的，你這不叫念詩，你這叫亂叫。」

但我覺得這亂叫的習慣不能改，若不讓我叫，我念它幹什麼。每當祖父教我一個新詩，一開頭我若聽了不好聽，我就說：

「不學這個。」

祖父於是就換一個，換一個不好，我還是不要。

「春眠不覺曉，處處聞啼鳥，

夜來風雨聲，花落知多少。」

這一首詩，我很喜歡，我一念到第二句，「處處聞啼鳥」那處處兩字，我就高興起來了。覺得這首詩，實在是好，眞好聽，「處處」該多好聽。

還有一首我更喜歡的：

「重重疊疊上樓臺，幾度呼童掃不開。

剛被太陽收拾去，又爲明月送將來。」

就這「幾度呼童掃不開，」我根本不知道什麼意思，就念成西瀝忽通掃不開。

越念越覺得好聽，越念越有趣味。

還當客人來了，祖父總是呼我念詩的，我就總喜念這一首。

那客人不知聽懂了與否，只是點頭說好。

八

就這樣瞎念，倒底不是久計。念了幾十首之後，祖父開講了。

「少小離家老大回，鄉音無改鬢毛衰。」

祖父說：

「這是說小的時候離開了家到外邊去，老了回來了。鄉音無改鬢毛衰，這是說家鄉的口音還沒有改變，鬍子可白了。」

我問祖父：

「爲什麼小的時候離家？離家到那裏去？」

祖父說：

「好比爺像你那麼大離家，現在老了回來了，誰還認識呢？兒童相見不相識，笑問客從何處來。小孩子見了就招呼着說：你這個白鬍老頭，是從那裏來的？」

我一聽覺得不大好，趕快就問祖父：

「我也要離家的嗎？等我鬍子白了回來，爺爺你也不認識我了嗎？」

心裏很恐懼。

祖父一聽就笑了：

「等你老了還有爺爺嗎？」

祖父說完了，看我還是不很高興，他又趕快說：

「你不離家的，你那裏能夠離家……快再念一首詩吧！念春眠不覺曉……」

我一念起春眠不覺曉來，又是滿口的大叫，得意極了。完全高興，什麽都忘了。

但從此再讀新詩，一定要先講的，沒有講過的也要重講。似乎那大嚷大叫的習慣稍稍好了一點。

「兩個黃鸝鳴翠柳，一行白鷺上青天。」

這首詩本來我也很喜歡的，黃梨是很好吃的。經祖父這一講，說是兩個鳥。於是不喜歡了。

「去年今日此門中，人面桃花相映紅。
人面不知何處去，桃花依舊笑春風。」

這首詩祖父講了我也不明白，但是我喜歡這首。因爲其中有桃花。桃樹一開了花不就結桃嗎？桃子不是好吃嗎？

所以每念完這首詩，我就接着問祖父：

「今年咱們的櫻桃樹花開不開花？」

九

除了念詩之外，還很喜歡吃。

記得大門洞子東邊那家是養豬的，一個大豬在前邊走，一羣小豬跟在後邊。有一天一個小豬掉井了，人們用抬土的筐子把小豬從井釣了上來。釣上來，那小豬早已死了。井口旁邊圍了很多人看熱鬧，祖父和我也在旁邊看熱鬧。

那小豬一被打上來，祖父就說他要那小豬。

祖父把那小豬抱到家裏，用黃泥裹起來，放在竈坑裏燒上了，燒好了給我吃。

我站在炕沿旁邊，那整個的小豬，就擺在我的眼前，祖父把那小豬一撕開，立刻就冒了油，眞香，我從來沒有吃過那麼香的東西，從來沒有吃過那麼好吃的東西。

第二次，又有一隻鴨子掉井了，祖父也用黃泥包起來，燒上給我吃了。

在祖父燒的時候，我也幫着忙，幫着祖父攪黃泥，一邊喊着，一邊叫着，好像拉拉隊似的給祖父助興。

鴨子比小豬更好吃，那肉是不怎樣肥的。所以我最喜歡吃鴨子。

我吃，祖父在旁邊看着。祖父不吃。等我吃完了，祖父才吃。他說我的牙齒小，怕我咬不動，先讓我選嫩的吃，我吃剩了的他才吃。

祖父看我每嚥下去一口，他就點一下頭。而且高興得說：

「這小東西眞饞，」或是「這小東西吃得眞快。」

我的手滿是油，隨吃隨在大襟上擦着，祖父看了也並不生氣，只是說：

「快沾點鹽吧，快沾點韮菜花吧，空口吃不好，等會要反胃的……」

說着就揑幾個鹽粒放在我手上拿着的鴨子肉上。我一張嘴又進肚去了。

祖父越稱讚我能吃，我越吃得多。祖父看看不好了，怕我吃多了。讓我停下，我才停下來。

我明明白白的是吃不下去了，可是我嘴裏還說着：

「一個鴨子還不够呢？」

自此吃鴨子的印象非常之深，等了好久，鴨子再不掉到井裏，我看井沿有一羣鴨子，我拿了秫桿就往井裏邊趕，可是鴨子不進去，圍着井口轉，而呱呱的叫着。我就招呼了在旁邊看熱鬧的小孩子，我說：

「幫我趕哪！」

正在吵吵叫叫的時候，祖父奔到了，祖父說：

「你在幹什麽？」

我說：

「趕鴨子，鴨子掉井，撈出來好燒吃。」

祖父說：

「不用趕了，爺爺抓個鴨子給你燒着。」

我不聽他的話，我還是追在鴨子的後邊跑着。

祖父上前來把我攔住了，抱在懷裏，一面給我擦着汗一面說：

「跟爹爹回家，抓個鴨子燒上。」

我想：不掉井的鴨子，抓都抓不住，可怎麼能規規矩矩貼起黃泥來讓燒呢？於是我從祖父的身上往下掙扎着，喊着：

「我要掉井的。我要掉井的。」

祖父幾乎抱不住我了。

第四章

一

一到了夏天，蒿草長沒大人的腰了，長沒我的頭頂了，黃狗進去，連個影也看不見了。

夜裏一刮起風來，蒿草就刷拉刷拉的響着，因爲滿院子都是蒿草，所以那響聲就特別大，成羣結隊的就響起來了。

下了雨，那蒿草的梢上都冒着煙，雨本來下得不很大，若一看那蒿草，起像那雨下得特別大似的。

下了毛毛雨，那蒿草上就迷漫得朦朦朧朧的像是已經來了大霧，或者像是要變天了，好像是下了霜的早晨，混混沌沌的，在蒸騰着白煙。

刮風和下雨，這院子是很荒涼的了。這是晴天，多大的太陽照在上空，這院子也一樣是荒涼的。沒有什麼顯眼耀目的裝飾，沒有人工設置過的一點痕跡，什麼都是任其自然，願意東，就東，願意西，就西。若是純然能够做到這樣，倒也保存了原始的風景。但不對的，這算什麼風景呢？東邊堆着一堆朽木頭，西邊扔着一片亂柴火。左門旁排着一大片舊磚頭，右門邊曬着一片沙泥土。

沙泥土是廚子拿來搭爐灶的，搭好了爐灶的，泥土就扔在門邊了。若問他還有什麼用處嗎，我想他也不知道，不過忘了就是了。

至於那磚頭可不知道是幹什麼的，已經放了很久了，風吹日曬，下了雨被雨澆。反正磚頭是不怕雨的，澆澆又礙什麼事。那麼就澆着去吧，沒人管它。也實也正不必管它，湊巧爐灶或是炕洞子壞了，那就用得着它了。就在眼前，伸手就來，用着多麼方便。但是爐灶就總不常壞，炕洞子修的也比較結實。不知那裏找的這樣好的工人，一修上炕洞子就是一年，頭一年八月修上，不到第二年八月是不壞的，就是到了第二年八月，也得泥水匠來，磚瓦匠來用鐵刀一塊一塊的把磚砍着撤下來。所以那門前的一堆磚頭似乎是一年也沒有多大的用處。三年兩年的還是在那裏擺着。大概總是越搬越少，東家拿去一塊墊花盆，西家搬去一塊又是做什麽。不然若是越搬越多，那可就糟了，豈不是慢慢的會把房門封起來的嗎？

其實門前的那磚頭是越來越少的。不用人工，任其自然，過了三年兩載也就沒有了。可是目前還是有的。就和那堆泥土同時在曬着太陽，它陪伴着牠，牠陪伴着它。

除了這個，還有打碎了的大缸扔在牆邊上，大缸旁邊還有一個破了口的罎子陪着它蹲在那裏。罎子底上沒有什麽，只積了半罎雨水，用手攀着罎子邊一搖動：那水裏邊有很多活物，會上下的跑，似魚非魚，似蟲非蟲，我不認識。再看那勉強站着的，幾乎是站不住了的已經被打碎了的大缸，那缸裏邊可是什麽也沒有。其實不能夠說那是「裏邊，」本來這缸已經破了肚子。談不到什麽「裏邊」「外邊」了。就簡稱「缸碴」吧！在這缸碴上什麽也沒有，光滑可愛，用手一拍還會發響。小的時就總喜歡到旁邊去搬一搬，一搬就不得了了，在這缸碴的下邊有無數的潮蟲。嚇得趕快就跑。跑得很遠的站在那裏回頭看着，看了一回，那潮蟲亂跑一陣又回到那缸碴的下邊去了。

這缸碴爲什麽不扔掉呢？大概就是專養潮蟲。

和這缸碴相對着，這扣着一個豬槽子，那豬槽子已經腐朽了，不知扣了多少年了。槽子底上長了不少的蘑菇，黑深深的，那是些小蘑，看樣子，大概吃不得，不知長着做什麼。

靠着槽子的旁邊就睡着一柄生鏽的鐵犂頭。

說也奇怪，我家裏的東西都是成對的，成雙的。沒有單個的。

磚頭曬太陽，就有泥土來陪着。有破罎子，就有破大缸。有豬槽子就有鐵犂頭。像是它們都配了對，結了婚。而且各自都有新生命送到世界上來。比方缸子裏的似魚非魚，大缸下邊的潮蟲，豬槽子上的蘑菇等等。

不知為什麼，這鐵犂頭，却看不出什麼新生命來，而是全體腐爛下去了。什麼也不生，什麼也不長，全體黃澄澄的。用手一觸就往下掉沫，雖然他本質是鐵的，但淪落到今天，就完全像黃泥做的了。就像要癱了的樣子。比起它的同伴那木槽子來，眞是遠差千里，慚愧慚愧。這犂頭假若是人的話，一定要流淚大哭，「我的體質比你們都好哇，怎麼今天衰弱到這個樣子。」

它不但它自己衰弱，發黃，一下了雨，它那滿身的黃色的色素，還跟着雨水流到別人的身上去。那豬糟子的半邊已經被染黃了。

那黃色的水流，還一直流得很遠，是凡它所經過的那條土地，都被它染得焦黃。

二

我家是荒涼的。

一進大門，靠着大門洞子的東壁是三間破房子，靠着大門洞子的西壁仍是三間破房子。再加上一個大門洞，看起來是七間連着串，外表上似乎是很威武的，房子都很高大，架着很粗的木頭的房架。大花是很粗的，一個小孩抱不過來。都一律是瓦房蓋，房脊上還有透隆的用瓦做的花，迎着太陽看去，是很好看的，房脊的兩梢上，一邊有一個鴿子，大概也是瓦做的。終年不動，停在那裏。這房子的外表，似乎不壞。

但我看它內容空虛。

西邊的三間，自家用裝糧食的，粮食沒有多少，耗子可是成羣了。糧食倉子底下讓耗子咬出洞來，耗子的全家在吃着糧食。耗子在下邊吃，麻雀在上邊吃。全屋都是土腥氣。窗子壞了，用板釘起來，門也壞了，每一開就顫抖抖的。

靠着門洞子西壁的三間房，是租給一家養豬的。那屋裏屋外沒有別的，都是豬了。大豬小豬，豬槽子，豬糧食。來往的人也都是豬販子，連房子帶人，都弄得氣味非常之壞。說來那家也並沒有養了多少豬，也不過十個八個的。每當黃昏的時候，那叫豬的聲音遠近得聞。打着豬槽子，敲着圈棚。叫了幾聲，停了一停。聲音有高有低，在黃昏的莊嚴的空氣裏好像是說他家的生活是非常寂寞的。

除了這一連串的七間房子之外，還有六間破房子，三間破草房，三間碾磨房。

三間輾磨房一起租給那家養豬的了，因爲它靠近那家養豬的。

三間破草房是在院子的西南角上，這房子它單獨的跑得那麼遠，孤伶伶的，毛頭毛脚的，歪歪斜斜的站在那裏。

房頂的草上長着青苔，遠看去，一片綠，很是好看。下了雨，房頂上就出蘑菇，人們就上房採蘑菇，就好像上山去採蘑菇一樣，一採採了很多。這樣出蘑菇的房頂實在是很少有，我家的房子共有三十來間，其餘的都不會出蘑菇，所以住在那房裏的人一提着筐子上房去採蘑菇，全院子的人沒有不羨慕的，都說：

「這蘑菇是新鮮的，可不比那乾蘑菇，若是殺一個小雞炒上，那眞好吃極了。」

「蘑菇炒豆腐，噯，眞鮮！」

「雨後的蘑菇嫩過了仔雞。」

「蘑菇炒雞，吃蘑菇而不吃雞。」

「蘑菇下麵，吃湯而忘了麵。」

「吃了這蘑菇，不忘了姓才怪的。」

「清蒸蘑菇加薑絲，能吃八盌小米子乾飯。」

「你不要小看了這蘑菇，這是意外之財！」

同院住的那些羡慕的人，都恨自己爲什麼不住在那草房裏。若早知道租了房子連蘑菇都一起租來了，就非租那房子不可。天下那有這樣的好事，租房子還帶蘑菇的。於是感慨晞噓，相嘆不已。

再說站在房間上正在採着的，在多少隻眼目之中，眞是一種光榮的工作。於是也就慢慢的採，本來一袋烟的工夫就可以採完，但是要延長到半頓飯的工夫。同時故意選了幾個大的，從房頂上驕傲的拋下來，同時說：

「你們看吧，你們見過這樣乾淨的蘑菇嗎？錯了是這個房頂，那個房頂能够長出這樣的好蘑菇來。」

那在下面的，根本看不淸房頂倒底那蘑菇全部多大，以爲一律是這樣大的，於是就更增加了無限的驚異。趕快彎下腰去拾起來，拿到家裏，晚飯的時候，賣豆腐的來，破費二百錢檢點豆腐，把蘑菇燒上。

可是那在房頂上的因爲驕傲，忘記了那房頂有許多地方是不結實的，已經露了洞了，一不加小心就把脚掉下去了，把脚往外一拔，脚上的鞋子不見了。

鞋子從房頂落下去，一直就落在鍋裏，鍋裏正是翻開的滾水，鞋子就在滾水裏邊煮上了。鍋邊漏粉的人越看越有意思，越覺得好玩，那一隻鞋子在開水裏滾着，翻着，還從鞋底上滾下一些泥漿來，弄得漏下去的粉條都黃忽忽的了。可是他們還不把鞋子從鍋拿出來，他們說，反正這粉條是賣的，也不是自己吃。

這房頂雖然產蘑菇，但是不能够避雨，一下起雨來，全屋就像小水罐似的。摸摸這個是濕的，摸摸那個是濕的。

好在這裏邊住的都是些個粗人。

有一個歪鼻瞪眼的名叫「鐵子」的孩子。他整天手裏拿着一柄鐵鍬，在一個長槽子裏邊往下切着，切些個什麼呢？初到這屋子裏來的人是看不淸的，因爲熱氣騰騰的這屋裏不知都在做些個什麽。細一看，才能看出來他切的是馬鈴薯。槽子裏都是馬鈴薯。

這草房是租給一家開粉房的。漏粉的人都是些粗人，沒有好鞋襪，沒有好行李，一個一個的和小豬差不多，住在這房子裏邊是很相當的，好房子讓他們一住也怕是住壞了。何況每一下雨還有蘑菇吃。

這粉房裏的人吃蘑菇，總是蘑菇和粉配在一道，蘑菇炒粉，蘑菇燉粉，蘑菇煑粉。沒有湯的叫做「炒」，有湯的叫做「煑」，湯少一點的叫做「燉」。

他們做好了，常常還端着一大盌來送給祖父。等那歪鼻瞪眼的孩子一走了，祖父就說：

「這吃不的，若吃到有毒的就吃死了。」

但那粉房裏的人，從來沒吃死過，天天裏邊唱着歌，漏着粉。

粉房的門前搭了幾丈高的架子，亮晶晶的白粉，好像瀑布似的掛在上邊。

他們一邊掛着粉，也是一邊唱着的。等粉條曬乾了。他們一邊收着粉，也是一邊的唱着。那唱不是從工作所得到的愉快，好像含着眼淚在笑似的。

逆來順受，你說我的生命可惜，我自已却不在乎。你看着很危險，我却自己以爲得意。不得意怎麽樣？人生是否苦多樂少。

那粉房裏的歌聲，就像一朵紅花開在了牆頭上。越鮮明，就越覺得荒涼。

「正月十五正月正，

家家戶戶掛紅燈。

人家的丈夫團圓聚，

孟姜女的丈夫去修長城。」

只要是一個晴天，粉絲一挂起來了，這歌音就聽得見的。因爲那破草房是在西南角上，所以那聲音比較的遼遠。偶爾也有裝腔女人的晋調在唱「五更天。」

那草房實在是不行了，每下一次大雨，那草房北頭就要多加一隻支柱，那支柱已經有七八隻之多了，但是房子還是天天的往北邊歪。越歪越厲害，我一看了就害怕，怕從那旁邊一過，恰好那房子倒了下來，壓在我身上。那房子實在是不像樣子了，窗子本來是四方的，都歪斜得變成菱形的了。門也歪斜得關不上了。牆上的大柁就像要掉下來似的，向一邊跳出來了。房脊上的正樑一天一天的往北走。已經拔了笱，脫離別人的牽掣，而它自己單獨行動起來了。那些釘在房脊上的椽杆子，能够跟着它跑的，就跟着它一順水的往北邊跑下去了。不能够跟着它跑的，就掙斷了釘子，而垂下頭來，向着粉房裏的人們的頭垂下來，因爲另一頭是壓在檐外，所以不能够掉下來，只是滴里郎當的垂着。

我一定進粉房去，想要看一看漏粉到底是怎樣漏法。但是不敢細看，我很怕那椽子頭掉下來打了我。

一刮起風來這房子就喳喳的山響，大柁響，馬樑響，門框、窗框響。

一下了雨又是喳喳的響。

不刮風，不下雨，夜裏也是會響的，因爲夜深人靜了，萬物齊鳴，何況這本來就會響的房子，那能不響呢。以它響得最厲害。別的東西的響，是因爲傾心去聽它，就是聽得到的，也是極幽渺的，不十分可靠的。也許是因爲一個人的耳鳴而引起來的錯覺，比方貓、狗、蟲子之類的響叫，那是因爲牠們是生物的緣故。

可曾有人聽過夜裏房子會叫的，誰家的房子會叫，叫得好像個活物似的，嚓嚓的，帶着無限的重量。往往會把睡在這房子裏的人叫醒。

被叫醒了的人，翻了一個身說：

「房子又走了。」

眞是活神活現，聽他說了這話，好像房子要搬了場似的。

房子都要搬場了，爲什麽睡在裏邊的人還不起來，他是不起來的，他翻了個身又睡了。

住在這裏邊的人，對於房子就要倒的這會事，毫不加戒心，好像他們已經有了血族的關係，是非常信靠的。

似乎這房一旦倒了，也不會壓到他們，就像是壓到了，也不會壓死的，絕對的沒有生命的危險。這些人的過度的自信，不知從那裏來的，也許住在那房子裏邊的人都是用鐵鑄的，而不是肉長的。再不然就是他們都是敢死隊，生命置之度外了。

若不然爲什麽這麽勇敢？生死不怕。

若說他們是生死不怕，那也是不對的，比方那曬粉條的人，從杆子上往下摘粉條的時候，那杆子掉下來了，就嚇他一哆嗦。粉條打碎了，他還沒有敲打着。他把粉條收起來，他還看着那杆子，他思索起來，他說：

「莫不是……」

他越想越奇怪，怎麽粉打碎了，而人沒打着呢。他把那杆子扶了上去，遠遠的站在那裏看着，用眼睛捉摸着。越捉摸越覺得可怕。

「唉呀！這要是落到頭上呢。」

那眞是不堪想像了。於是他摸着自己的頭頂，他覺得萬幸萬幸，下回該加小心。

本來那杆子還沒有房椽子那麼粗，可是他一看見，他就害怕，每次他再曬粉條的時候，他都是躱着那杆子，連在他旁邊走也不敢走。總是用眼睛溜着它，過了很多日才算把這回事忘了。

若下雨打雷的時候，他就把燈滅了，他們說雷撲火，怕雷擗着。

他們過河的時候，抛兩個銅板到河裏去，傳說河是饞的，常常淹死人的，把銅板一擺到河裏，河神高興了，就不會把他們淹死了。

這證明住在這嘹嘹響着的草房裏的他們，也是很胆小的，也和一般人一樣是顫顫驚驚的活在這世界上。

那麼這房子既然要塌了，他們爲麼不怕呢？

據賣饅頭的老趙頭說：

「他們要的就是這個要倒的麼！」

據粉房裏的那個歪鼻瞪眼的孩子說：

「這是住房子啊，也不是娶媳婦要她周周正正。」

據同院住的周家的兩位少年紳士說：

「這房子對於他們那等粗人，就再合適也沒有了。」

據我家的有二伯說：

「是他們貪圖便宜，好房子呼蘭城裏有的多，爲啥他們不搬家呢？好房子人家要房錢的呀，不像是咱們家這房子，一年送來十斤二十斤的乾粉就完事，等於白住，你二伯是沒有家脊，若不我也找這樣房子去住。」

有二伯說的也許有點對。

祖父早就想拆了那座房子的，是因爲他們幾次的全體挽留才留下來的。

至於這個房子將來倒與不倒，或是發生什麼幸與不幸，大家都以爲這太遠了，不必想了。

三

我家的院子是很荒涼的。

那邊住着幾個漏粉的，那邊住着幾個養豬的。養豬的那廂房裏還住着一個拉磨的。

那拉磨的，夜裏打着梆子通夜的打。

養豬的那一家有幾個閑散雜人，常常聚在一起唱着秦腔，拉着胡琴。

西南角上那漏粉的則歡喜在晴天裏邊唱一個「嘆五更」。

他們雖然是拉胡琴，打梆子，嘆五更，但是並不是繁華的，並不是一往直前的，並不是他們看見了光明，或是希望着光明，這些都不是的。

他們看不見什麼是光明的，甚至於根本也不知道，就像太陽照在了瞎子的頭上了，瞎子也看不見太陽，但瞎子却感到實在是溫暖了。

他們就是這類人，他們不知道光明在那裏，可是他們實實在在的感得到寒涼就在他們的身上，他們想擊退了寒涼，因此而來了悲哀。

他們被父母生下來，沒有什麼希望，只希望吃飽了，穿暖了。但也吃不飽，也穿不暖。逆來的，順受了。

順來的事情。却一輩子也沒有。

磨房裏那打梆子的，夜裏常常是越打越響，他越打得激烈，人們越說那聲音凄涼。因爲他單單的響音，沒有同調。

四

我家的院子是很荒涼的。

粉房旁邊的那小偏房裏，還住着一家趕車的，那家喜歡跳大神，常常就打起鼓來，喝喝咧咧唱起來了。鼓聲往往打到半夜才止，那說仙道鬼的，大神和二神的一對一答。蒼涼，幽渺，眞不知今世何世。

那家的老太太終年生病，跳大神都是爲她跳的。

那家是這院子頂豐富的一家，老少三輩。家風是乾淨利落，爲人謹愼，兄友弟恭，父慈子愛。家裏絕對的沒有閑散雜人。絕對不像那粉房和那磨房，說唱就唱，說哭就哭。他家永久是安安靜靜的。跳大神不算。

那終年生病的老太太的祖母，她有兩個兒子，大兒子是趕車的，二兒子也是趕車的。一個兒子都有一個媳婦。大兒媳婦胖胖的，年已五十了。二兒媳婦瘦瘦的，年已四十了。

除了這些，老太太還有兩個孫兒，大孫兒是二兒子的。二孫兒是大兒子的。

因此他家裏稍稍有點不睦，那兩個媳婦妯娌之間，稍稍有點不合適，不過也不很明朗化。只是你我之間各自曉得。做嫂子的總覺得兄弟媳婦對她有些不馴，或者就因爲她的兒子大的緣故吧。兄弟媳婦就總覺得嫂子是想壓她，憑什麼想壓人呢？自已的兒子小。沒有媳婦指使着，看了別人還眼氣。

老太太了有兩個兒子，兩個孫子，認爲十分滿意了。人手整齊，將來的家業，還不會興旺的嗎？就不用說别的，就說趕大車這把力氣也是够用的。看看誰家的車上是爺四個，拿鞭子的，坐在車後尾巴上的都是姓胡，沒有外姓。在家一盆火，出外父子兵。

所以老太太雖然是終年病着，但很樂觀，也就是跳一跳大神什麼的解一解心疑也就算了。她覺得就是死了，也是心安意得的了，何况還活着，還能够看得見兒子們的忙忙碌碌。

媳婦們對於她也很好的，總是隔長不短的張羅着給她花幾個錢跳一跳大神。

每一次跳神的時候，老太太總是坐在炕裏，靠着枕頭，掙扎着坐了起來，向那些來看熱鬧的姑娘媳婦們講：

「這回是我大媳婦給我張羅的。」或是「這回是我二媳給我張羅的。」

她說的時候非常得意。說着說着就坐不住了。她患的是癱病。就趕快來招媳婦們來把她放下了。放下了還要喘一袋煙的工夫。

看熱鬧的人，沒有一個不說老太太慈祥的。沒有一個不說媳婦孝順的。

所以每一跳大神，遠遠近近的人都來了，東院西院的，還有前街後街的也都來了。

只是不能够預先訂座，來得早的就有櫈子，炕沿坐。來得晚的，就得站着了。

一時這胡家的孝順，居於領導的地位，風傳一時，成爲婦女們的楷模。

不但婦女，就是男也得說：

「老胡家人旺，將來財也必旺。」

「天時，地利，人和。最要緊的還是人和。人和了，天時不好也好了。地利，不利也利了。」

「將來看着吧，今天人家趕大車的，再過五年看，不是二等戶，也是三等戶。」

我家的有二伯說：

「你看着吧，過不了幾年人家就騾馬成羣了。別看如今人家就一輛車。」

他家的大兒媳婦和二兒媳婦的不睦，雖然沒有新的發展，可也總沒有消滅。

大孫子媳婦通紅的臉，又能幹，又溫順。人長得不肥不瘦，不高不矮，說起話來，聲音不大不小。正合適配到他們這樣的人家。

車回來了，牽着馬就到井邊去飲水。車馬一出去了，就餵草。看她那長樣可並不是做這類粗活人，可是做起事來並不弱於人，比起男人來，也差不了許多。

放下了外邊的事情不做，再說屋裏的，也樣樣拿得起來，剪、裁、縫、補、做那樣像那樣，他家裏雖然沒有什麼綾、羅、綢、緞可做的，就說粗布衣也要做個四六見線，平平板板，一到過年的時候，無管怎樣忙，也要偷空給奶奶婆婆，自己的婆婆，大娘婆婆，各人做一雙花鞋。雖然沒有什麼好的鞋面，就說靑水布的，也要做個精緻。雖然沒有絲線，就用棉花線，但那顏色却配得水冷冷的新鮮。

奶奶婆婆的那雙繡的是桃紅的大瓣蓮花。大娘婆婆的那雙繡的是牡丹花。婆婆的那雙繡的是素素雅雅的綠葉蘭。

這孫子媳婦回了娘家，娘家的人一問她婆家怎樣，她說都好都好，將來非發財不可。大伯公是怎樣的兢兢業業，公公是怎樣的吃苦耐勞。奶奶婆婆也好，大娘婆婆也好。凡是婆家的無一不好。完全順心，這樣的婆家實在難找。

雖然她的丈夫也打過她，但她說，那個男人不打女人呢？於是也心滿意足的並不以爲那是缺陷了。

她把繡好的花鞋送給奶奶婆婆，她看她繡了那麽一手好花，她感到了對這孫子媳婦有無限的慚愧，覺得這樣一手好針線，每天讓她喂豬打狗的，眞是難爲了她了，奶奶婆婆把手伸出來，把那鞋接過來，眞是不知如何說好，只是輕輕的托着那鞋，蒼白的臉孔，笑盈盈的點着頭。

這是這樣好的一個大孫子媳婦。二孫子媳婦也訂好了，只是二孫子還太小，一時不能娶過來。

她家的兩個妯娌之間的磨擦，都是爲了這沒有娶過來的媳婦，她自己的婆婆的主張把她接過來，做團圓媳婦，嬸婆婆就不主張接來，說她太小不能幹活，只能白吃飯，有什麽好處。

爭執了許久，來與不來，還沒有決定。等下回給老太太跳大神的時候，順便問一問大仙家再說吧。

五

我家是荒涼的。

天還未明，雞先叫了，後邊磨房裏那梆子聲還沒有停止，天就發白了。天一發白，烏鴉羣就來了。

我睡在祖父旁邊，祖父一醒，我就讓祖父唸詩，祖父就念：

「春眠不覺曉，處處聞鳥啼。

夜來風雨聲，花落知多少。」

「春天睡覺不知不覺的就睡醒了，醒了一聽，處處有鳥叫着，回想昨夜的風雨，可不知道今早花落了多少。」

是每念必講的，這是我的約請。

祖父正在講着詩，我家的老廚子就起來了。

他咳嗽着，聽得出來，他擔着水桶到井邊去挑水去了。

井口離得我家的住房很遠，他搖着井繩花拉拉的響，日裏是聽不見的，可是在清晨，就聽得分外的清明。

老廚子挑完了水，家裏還沒有人起來。

聽得見老廚子刷鍋的聲音刷拉拉的響。老廚子刷完了鍋，燒了一鍋洗臉水了，家裏還沒有人起來。

我和祖父念詩，一直念到太陽出來。

祖父說：

「起來吧。」

「再念一首。」

祖父說：

「再念一首可得起來了。」

於是再念一首，一念完了，我又賴起來不算了，說再念一首。

每天早晨都是這樣糾纏不清的鬧。等一開了門，到院子去。院子裏邊已經是萬道金光了，大太陽曬在頭上都滾熱的了。太陽兩丈高了。

祖父到雞架那裏去放雞，我也跟在那裏，祖父到鴨架那裏去放鴨，我也跟在後邊。

我跟着祖父，大黃狗在後邊跟着我。我跳着，大黃狗搖着尾巴。

大黃狗的頭像盆那麼大，又胖又圓，我總想要當一匹小馬來騎牠。祖父說騎不得。

但是大黃是喜歡我的，我是愛大黃狗的。

雞從架裏出來了，鴨子從架裏出來了，牠們抖擻着毛，一出來就連跑帶叫的，吵的聲音很大。

祖父撒着通紅的高粱粒在地上，又撒了金黃的穀粒子在地上。

於是雞啄食的聲音，咯咯的響成羣了。

喂完了雞，往天空一看，太陽已經三丈高了。

我和祖父回到屋裏，擺上小桌，祖父吃一盌飯米湯，撓白糖，我則不吃，我要吃燒包米，祖父領着我，到後園去，趟着露水去到包米叢中爲我掰一穗包米來。

掰來了包米，襪子，鞋，都溼了。

祖父讓老廚子把包米給我燒上，等包米燒好了。我已經吃了兩盌以上的飯米湯撓白糖了。包米拿來，我吃了一兩個粒，就說不好吃，因爲我已吃飽了。

於是我手裏拿燒包米就到院子去喂大黃去了。

「大黃」就是大黃狗的名字。

街上，在牆頭外面，各種叫賣聲音都有了，賣豆腐的，賣饅頭的，賣青菜的。

賣青菜的喊着，茄子，黃瓜，莢豆和小葱子。

一挑喊着過去了，又來了一挑，這一挑不喊茄子，黃瓜，而喊着，芹菜，韮菜，白菜……

街上雖然熱鬧起來了，而我家裏則仍是靜悄悄的。

滿院子蒿草，草裏面叫着蟲子。破東西東一件西一樣的扔着。

看起來似乎是因爲清早，我家才冷靜，其實不然的，是因爲我家的房子多，院子大，人少的緣故。

那怕就是到了正午，也仍是靜悄悄的。

每到秋天，在蒿草的當中，也往往開了蓼花，所以引來了不少的蜻蜓和蝴蝶在那荒涼的一片蒿草上鬧着。這樣一來，不但不覺得繁華，反而更顯得荒涼寂寞。

第五章

一

我玩的時候，除了在後花園裏，有祖父陪着。其餘的玩法，就只有我自己了。

我自己在房檐下搭了個小布棚，玩着玩着就睡在那布棚裏了。

我家的窗子是可以摘下來的，摘下來直立着是立不住的，就靠着牆斜立着，正好立出一個小斜坡來，我稱這小斜坡叫「小屋」，我也常常睡到這小屋裏邊去了。

我家滿院子是蒿草，蒿草上飛着許多蜻蜓，那蜻蜓是爲着紅蓼花而來的。可是我偏偏喜歡捉它，捉累了就躺在蒿草裏邊睡着了。

蒿草裏邊長着一叢一叢的天星星，好像山葡萄似的，是很好吃的。

我在蒿草裏邊搜索着吃，吃睏了，就睡在天星星秧子的旁邊了。

蒿草是很厚的，我躺在上邊好像是我的褥子，蒿草是很高的，它給我遮着蔭涼。

有一天，我就正在蒿草裏邊做着夢，那是下午晚飯之前，太陽偏西的時候。大概我睡得不太着實，我似乎是聽到了什麼地方有不少的人講着話，說說笑笑，似乎是很熱鬧。但到底發生了什麼事情，卻聽不清，只覺得在西南角上，或者是院裏，或者是院外。到底是院裏院外，那就不大清楚了。反正是有幾個人在一起嚷嚷着。

我似睡非睡的聽了一會就又聽不見了。大概我已經睡着了。

等我睡醒了，回到屋裏去，老廚子第一個就告訴我：

「老胡家的團圓媳婦來啦，你還不知道，快吃了飯去看吧！」

老廚子今天特別忙，手裏端着一盤黃瓜菜往屋裏走，因爲跟我指手劃脚的一講話，差一點沒把菜碟子掉在地上，只把黃瓜絲打翻了。

我一走進祖父的屋去，只有祖父一個人坐在飯桌前面，桌子上邊的飯菜都擺好了，卻沒有人吃，母親和父親都沒有來吃飯，有二伯也沒有來吃飯。祖父一看見我，祖父就問我：

「那團圓媳婦好不好？」

大概祖父以爲我是去看團圓媳婦囘來的。我說我不知道，我在草棵裏邊吃天星星來的。

祖父說：

「你媽他們都去看團圓媳婦去了，就是那個跳大神的老胡家。」

祖父說着就招呼老廚子，讓他把黃瓜菜快點拿來。

醋拌黃瓜絲，上邊澆着辣椒油，紅的紅，綠的綠，一定是那老廚子又重切了一盤的，那盤我眼看着撒在地上了。

祖父一看黃瓜菜也來了，祖父說：

「快吃吧，吃了飯好看團圓媳婦去。」

老廚子站在旁邊，用圍裙在擦着他滿臉的汗珠，他每一說話就乍巴眼睛，從嘴裏往外噴着唾沫星；他說：

「那看團圓媳婦的人才多呢！糧米鋪的二老婆，帶着孩子也去了。後院的小麻子也去了，西院老楊家也來了不少的人，都是從牆頭上跳過來的。」

他說他在井沿上打水看見的。

經他這一煊惑，我說：

「爺爺，我不吃飯了，我要看團圓媳婦去。」

祖父一定讓我吃飯，他說吃了飯他帶我去。我急得一頓飯也沒有吃好。我從來沒有看過團圓媳，我以爲團圓媳婦不知道多麼好看呢！越想越覺得一定是很好看的，越着急也越覺得是非特別好看不可。不然，爲什麼大家都去看呢。不然，爲什麼母親也不回來吃飯呢。

越想越着急，一定是很好看的節目都看過。若現在就去，還多少看得見一點，若再去晚了，怕是就來不及了。我就催促着祖父。

「快吃，快吃，爺爺快吃吧。」

那老廚子還在旁邊亂講亂說，祖父間就問他一兩句。

我看那老廚子打攪祖父吃飯，我就不讓那老廚子說話。那老廚子不聽，還是笑嬉嬉的說。我就下地把老廚子硬推出去了。

祖父還沒有吃完，老周家的周三奶又來了，是她說她的公雞總是往我這邊跑，她是來捉公雞的。公雞已經捉到了，她還不走，她還扒着玻璃窗子跟祖父講話，她說：

「老胡家那小團圓媳婦來過，你老爺子還沒去看看嗎？那看的人才多呢，我還沒去呢，吃了飯就去。」

祖父也說吃了飯就去，可是祖父的飯總也喫不完。一會要點辣椒油，一會要點鹹鹽麵的。我看不但我着急，就是那老廚子也急得不得了了。頭上直冒着汗，眼睛直乍巴。

祖父一放下飯盌，連點一袋煙我也不讓他點，拉着他就往西南牆角那邊走。

一邊走，一邊心裏後悔，眼看着一些看熱鬧的人都回來了。爲什麼一定要等祖父呢？不會一個人早就跑着來嗎？何況又覺得我躺在草棵子裏就已經聽見這邊有了動靜了。眞是越想越後悔，這事情都鬧了一個下半天了，一定是好看的都過去了。一定是來晚了。白來了，什麼也看不見了，在草棵子聽到了這邊說笑，爲什麼不就立刻跑來看呢？越想越後悔。自己和自己生氣，等到了老胡家的窗前，一聽，果然連一點聲音也沒有了。差一點沒有氣哭了。

等眞的進屋一看，全然不是那麼一回事，母親，周三奶奶，還有些個不認的人，都在那裏，與我想像的完全不一樣，沒有什麼好看的，團圓媳婦在那兒？我也看不見，經人家指指點點的，我才看見了。不是什麼媳婦，而是一個小姑娘。

我一看就沒有興趣了，拉着爺爺就在外邊走，說：

「爺爺回家吧。」

等第二天早晨她出來倒洗臉水的時候，我看見她了她的頭髮又黑又長，梳着很大的辮子，普通姑娘們的辮子都是到腰間那麼長，而她的辮子竟快到膝間了。她臉長得黑忽忽的，笑呵呵的。

院子裏的人，看過老胡家的團圓媳婦之後，沒有什麼不滿意的地方，不過都說太大方了，不像個團圓媳婦了。

周三奶奶說：

「見人一點也不知道羞。」

隔院的楊老太太說：

「那才不怕羞呢！頭一天來到婆家，吃飯就吃三盌。」

周三奶奶又說：

「喲喲！我可沒見過，別說還是一個團圓媳婦，就說一進門就姓了人家的姓，也得頭兩天看看人家的臉色　喲喲！那麼大的姑娘。她今年十幾歲啦。」

「聽說十四歲麼！」

「十四歲會長得那麼高，一定是瞞歲數。」

「可別說呀！也有早長的。」

「可是他們家可怎麼睡呢？」

「可不是，老少三輩，就三鋪小炕……」

這是楊老太太扒在牆頭上和周三奶奶講的

至於我家裏，母親也說那團圓媳婦不像個團圓媳婦。

老廚子說：

「沒見過，大模大樣的，兩個眼睛骨碌骨碌的轉。」

有二伯說：

「介（這）年頭是啥年頭呢，團圓媳婦也不像個團圓媳婦了。」

只是祖父什麼也不說，我問祖父：

「那團圓媳婦好不好？」

祖父說：

「怪好的。」

於是我也覺得怪好的。

她天天牽馬到井邊上去飲水，我看見她好幾回 中間沒有什麼人介紹，她看看我就笑了，我看看她也笑了 我問她十幾歲？她說：

「十二歲。」

我說不對

「你十四歲的，人家都說你十四歲。」

她說：

「他們看我長得高，說十二歲怕人家笑話，讓我說十四歲的。」

我不知道，爲什麼長得高還讓人家笑話 我問她：

「你到我們草棵子裏去玩好吧！」

她說：

「我不去，他們不讓。」

二

過了沒有幾天，那家就打起團圓媳婦來了，打得特別厲害，那叫聲無管多遠都可以聽得見的。

這全院子都是沒有小孩子的人家，從沒有聽到過誰家在哭叫。

鄰居左右因此又都議論起來，說早就該打的，那有那樣的團圓媳婦一點也不害羞，坐到那兒坐得筆直，走起路來，走得風快。

她的婆婆在井邊上飲馬，和周三奶奶說：

「給她一個下馬威，你聽着吧，我回去我還得打她呢、這小團圓媳婦才厲害呢！沒見過，你擰她大腿，她咬你，再不然，她就說她回家。」

從此以後，我家的院子裏，天天有哭聲，哭聲很大，一邊哭，一邊叫。

祖父到老胡家去說了幾回，讓他們不要打她了　說小孩子，知道什麼，有點差錯教條教條也就行了。

後來越打越厲害了，不分晝夜，我睡到半夜醒來和祖父唸詩的時候，念着念着就聽西南角上哭叫起來了。

我問祖父：

「是不是那小團圓媳婦哭？」

祖父怕我害怕，說：

「不是，是院外的人家。」

我問祖父：

「半夜哭什麽？」

祖父說：

「別管那個，唸詩吧。」

清早醒了，正在唸「春眠不覺曉」的時候，那西南角上的哭聲又來了。

一直哭了很久，到了冬天，這哭聲才算沒有了。

三

雖然不哭了，那西南角上又夜夜跳起大神來，打着鼓，叮噹叮噹的響，大神唱一句，二神唱一句，因爲是夜裏，聽得特別清晰，一句半句的我都記住了。

什麼「小靈花呀」甚麼「胡家讓她去出馬」

差不多每天大神都唱些個這個。

早晨起來，我就模擬着唱：

「小靈花呀，胡家讓她去出馬呀……」

而且叮叮噹，叮叮噹的，用聲音模擬着打打鼓。

「小靈花」就是小姑娘。「胡家」就是胡仙。「胡仙」就是狐狸精。「出馬」就是當跳大神的。

大神差不多跳了一個冬天，把那小團圓媳婦就跳出毛病來了。

那小團圓媳婦，有點黃。沒有夏天她剛一來的時候，那麼黑了。不過還是笑呵呵的。

祖父帶着我到那家去串門，那小團圓媳婦還過來給祖父裝了一袋煙。

她看見我，也還偷着笑，大概她怕她婆婆看見，所以沒和我說話。

她的辮子還是很大的。她的婆婆說她有病了，跳神給她趕鬼。

等祖父臨出來的時候，她的婆婆跟出來了，小聲跟祖父說：

「這團圓媳婦，怕是要不好，是個胡仙旁邊的，胡仙要她去出馬……」

祖父想想讓他們搬家。但呼蘭這地方有個規矩，春天是二月搬家，秋天是八月搬家。一過了二八月就不是搬家的時候了。

我們每當半夜讓跳神驚醒的時候，祖父就說：

「明年二月就讓他們搬了。」

我聽祖父說了好幾次這樣的話。

當我模擬着大神喝喝呼呼的唱着「小靈花」的時候，祖父也說那同樣的話，明年二月讓他們搬家。

四

可是在這期間，院子的西南角上就越鬧越厲害。請一個大神，請好幾個二神，鼓聲連天的響。

說那小團圓媳婦若再去讓她出馬，她的命就難保了。所以請了不少的二神來，設法從大神那裏把她要回來。

（於是有許多人給他家出了主意，人那能够見死不救呢？於是凡有善心的人都幫起忙來。他說他有一個偏方，她說她有一個邪令。

（有的主張給她紮一個穀草人，到南大坑去燒了。

（有的主張到紮彩鋪去紮一個紙人，叫做「替身」，把它燒了或者可以替了她。

（有的主張給她畫上花臉，把大神請到家裏，讓那大神看了，嫌她太醜，也許就不捉她當弟子了，就可以不必出馬了。

（周三奶奶則主張給她吃一個全毛的雞，連毛帶腿的吃下去，選一個星星出全的夜，吃了用被子把人蒙起來，讓她出一身大汗。蒙到第二天早晨雞叫，再把她從被子放出來。她吃了雞，她又出了汗，她的魂靈裏邊因此就永遠有一個雞存在着，神鬼和胡仙黃仙就都不敢上她的身了。傳說鬼是怕雞的。

（據周三奶奶說，她的曾祖母就是被胡仙抓住過的，鬧了整整三年，差一點沒死，最後就是用這個方法治好的。因此一生不再鬧別的病了。她半夜裏正做一個惡夢，她正嚇得要命，她魂靈裏邊的那個雞，就幫了她的忙，只叫了一聲，惡夢就醒了。他一輩子沒生過病。說也奇怪，就是到死，也死得不凡，她死那年已經是八十二歲了。八十二歲還能够拿着花線繡花，正給她小孩子繡花兜肚嘴。繡着繡着，就有點困了，她坐在木櫈上，背靠着門扇就打一個盹。這一打盹就死了。

（別人就問周三奶奶：

「你看見了嗎？」

（她說：

「可不是……你聽我說呀，死了三天三夜按都按不倒。後來沒有辦法，給她打着一口棺材也是坐着的，把她放在棺材裏，那臉色是紅撲撲的，還和活着的一樣……」

（別人問她：

「你看見了嗎？」

（她說：

「喲喲！你這問的可怪，傳話傳話，一輩子誰能看見多少，不都是傳話傳的嗎！」

（她有點不大高興了。

（再說西院的楊老太太，她也有個偏方，她說黃連二兩，豬肉半斤，把黃連和豬肉都切碎了，用瓦片來焙，焙好了，壓成麵，用紅紙包分成五包包起來。每次吃一包，專治驚風，掉魂。

（這個方法，倒也簡單。雖然團圓媳婦害的病可不是驚風，掉魂，似乎有點藥不對症。但也無妨試一試，好在只是二兩黃連，半斤豬肉。何況呼蘭河這個地方，又常有賣便宜豬肉的。雖說那豬肉怕是瘟豬，有點靠不住。但那是治病，也不是吃，又有甚麼關係。

「去，買上半斤來，給她治一治。」

（旁邊有着贊成的說：

「反正治不好也治不壞。」

（她的婆婆也說：

「反正死馬當活馬治吧！」

（於是團圓媳婦先吃了半斤豬肉加二兩黃連。

（這藥是婆婆親手給她焙的。可是切豬肉是他家的大孫子媳婦給切的。那豬肉雖然是連紫都青的，但中間畢竟有一塊是很紅的，大孫子媳婦就偷着把這塊給留下來了，因爲她想，奶奶婆婆不是四五個月沒有買到一點暈腥了嗎？於是她就給奶奶婆婆偷着下了一盤麵疙瘩湯吃了。

（奶奶婆婆問：

「可那兒來的肉？」

（大孫子媳婦說：

「你老人家吃就吃吧，反正是孫子媳婦給你做的。」

（那團圓媳婦的婆婆是在灶坑裏邊搭起瓦來給她焙藥。一邊焙着，一邊說：

「這可是半斤豬肉，一邊，一條不缺……」

（越焙，那豬肉的味越香，有一匹小貓嗅到了香味而來了，想要在那已經焙好了的肉乾上攫一爪，她剛一伸爪，團圓媳婦的婆婆一邊用手打着那貓，一邊說：

「這也是你動得爪的嗎！你這饞嘴巴，人家這是治病呵，是半斤豬肉，你也想要吃一口？你若吃了這口，人家的病可治不好了。一個人活活的要死在你身上，你這不知好歹的。這是整整半斤肉，不多不少。」

（藥焙好了，壓碎了就沖着水給團圓媳婦吃了。

（一天吃兩包，才吃了一天，第二天早晨，藥還沒有再吃，還有三包壓在灶王爺板上，那些傳偏方的人就又來了。

（有的說，黃連可怎麽能够吃得？黃連是大涼藥，出虛汗像她這樣的人，一吃黃連就要洩了元氣，一個人要洩了元氣那還得了嗎？

（又一個人說：

「那可吃不得呀！吃了過不去兩天就要一命歸陰的。」

（團圓媳婦的婆婆說：

「那可怎麼辦呢？」

（那個人就慌忙的問：

「吃了沒有呢？」

（團圓媳婦的婆婆剛一開口，就被他家的聰明的大孫子媳婦給遮過去了，說：

「沒吃，沒吃，還沒吃。」

（那個人說，既然沒吃就不要緊，眞是你老胡家有天福，吉星高照，你家差點沒有攤了人命。

「於是他又給出了個偏方，這偏方，據他說已經不算是偏方了，就是東二道街上「李永春」藥鋪的先生也常常用這個方單，是一用就好的，百試，百靈。無管男、女、老、幼，一吃一個好。也無管什麼病，頭痛，脚痛，肚子痛，五臟六腑痛，跌、打、刀傷，生瘡，生疔，生癤子……

無管什麼病，藥到病除。

（這究竟是什麼藥呢？人們越聽這藥的效力大，就越想知道究竟是怎樣的一種藥。

（他說：

「年老的人吃了，眼花繚亂，又恢復到了青春。」

「年青的人吃了，力氣之大，可以搬動泰山。」

「婦女吃了，不用胭脂粉，就可以面如桃花。」

「小孩子吃了，八歲可以拉弓，九歲可以射箭，十二歲可以考狀元。」

（開初，老胡家的全家，都爲之驚動，到後來怎麼越聽越遠了。本來老胡家一向是趕車拴馬的人家，一向沒有考狀元。

（大孫子媳婦，就讓一些圍觀的閃開一點，她到梳頭匣子裏拿出一根畫眉的柳條炭來。她說：

「快請把藥方開給我們吧，好到藥鋪去趕早去抓藥。」

（這個出藥方的人，本是「李永春」藥鋪的廚子。三年前就離開了「李永春」那裏了。三年前他和一個婦人吊膀子，那婦人背棄了他，還帶走了他半生所積下的那點錢財，因此一氣而成了個半瘋。雖然是個半瘋了，但他在「李永春」那裏所記住的藥名字還沒有全然忘記。

（他是不會寫字的，他就用嘴說：

「車前子二錢，當歸二錢，生地二錢，藏紅花二錢。川貝母二錢，白朮二錢，遠志二錢，紫河車二錢……」

（他說着說着似乎就想不起來了，急得頭頂一冒汗，張口就說紅糖二斤，就算完了。

（說完了，他就和人家討酒喝。

「有酒沒有，給兩盅喝喝。」

（這半瘋，全呼蘭河的人都曉得，只有老胡家不知道。因爲老胡家是外來的戶，所以受了他的騙了。家裏沒有酒，就給了他兩吊錢的酒錢。那個藥方是根本不能夠用的，是他隨意胡說了一陣的結果。）

團圓媳婦的病，一天比一天嚴重，據他家裏的人說，夜裏睡覺，她要忽然坐起來的。看了人她會害怕的。她的眼睛裏邊老是充滿了眼淚。這團圓媳婦大概非出馬不可了。若不讓她出馬，大概人要好不了的。

（這種傳說，一傳出來，東隣西隣的，又都去建了議，都說那能夠見死不救呢？

（有的說，讓她出馬就算了。有的說，還是不出馬的好。年輕輕的就出馬，這一輩子可得什麼才能够到個頭。

（她的婆婆則是絕對不贊成出馬的，她說：

「大家可不要錯猜了，以爲我訂這媳婦的時候花了幾個錢，我不讓她出馬，好像我捨不得這幾個錢似的。我也是那麼想，一個小小的人出了馬，這一輩子可什麼時候才到個頭。」

（於是大家就都主張不出馬的好，想偏方的。請大神的，各種人才齊聚，東說東的好，西說西的好。於是來了一個「抽帖兒的。」

（他說他不遠千里而來，他是從鄉下趕到的。他聽城裏的老胡家有一個團圓媳婦新接來不久就病了。經過多少名醫，經過多少仙家也治不好，他特地趕來看看，萬一要用得着，救一個人命也是好的。

（這樣一說，十分使人感激。於是讓到屋裏，坐在奶奶婆婆的炕沿上。給他倒一杯水，給他裝一袋煙。

「大孫子媳婦先過來說：

「我家的弟妹，年本十二歲，因爲她長得太高，就說她十四歲。又說又笑，百病皆無。自接到我們家裏就一天一天的黃瘦。到近來就水不想喝，飯不想吃，睡覺的時候睜着眼睛，一驚一乍的。什麼偏方都吃過了，什麼香火也都燒過了。就是百般的不好……」

（大孫子媳婦還沒有說完，大娘婆婆就接着說：

「她來到我家，我沒給她氣受，那家的團圓媳婦不受氣，一天打八頓，駡三場。可是我也打過她，那是我要給她一個下馬威。我只打了她一個多月，雖然說我打得狠了一點，可是不狠那能够規矩出一個好人來。我也是不願意狠打她的，打得連喊帶叫的，我是為她着想，不打得狠一點，她是不能够中用的。有幾回，我是把她吊在大樑上，讓她叔公公用皮鞭子狠狠的抽了她幾回，打得是着點狠了，打昏過去了。可是只昏了一袋煙的工夫，就用冷水把她澆過來了。是打狠了一點，全身也都打青了，也還出了點血。可是立刻就打了雞蛋青子給她擦上了。也沒有腫得怎樣高，也就是十天半月的就好了。這孩子，嘴也是特別硬，我一打她，她就說她要回家。我就問她，「那兒是你的家？這兒不就是你的家嗎？」她可就偏不這樣說。她說回她的家。我一聽就更生氣。人在氣頭上還管得了這個那個，因此我也用燒紅過的烙鐵烙過她的脚心。誰知道來，也許是我把她打掉啦魂啦？也許是我把她嚇掉了魂啦，她一說她要回家，我不用打她，我就說看你回家，我用索練子把你鎖起來。她就嚇得直叫。大仙家也看過了，說是要她出馬。一個團圓媳婦的花費也不少呢，你看她八歲我訂下她的，一訂就是八兩銀子，年年又是頭繩錢，鞋面錢的，到如今又用火車把她從遼陽接來，這一路的盤費。到了這兒，就是今天請神，明天看香火，幾天吃偏方。若是越吃越好，那還罷了。可是百般的不見好，將來誰知道來……到結果……」

（不遠千里而來的這位抽帖兒的，端莊嚴肅，風塵僕僕，穿的是藍袍大衫，罩着棉襖。頭上戴的是長耳四喜帽。使人一見了就要尊之爲師。

（所以奶奶婆婆也說：

「快給我二孫子媳婦抽一個帖吧，看看她她命理如何。」

（那抽帖兒的一看，這家人家眞是誠心誠意，於是他就把皮耳帽子從頭上摘下來了。

（一摘下帽子來，別人都看得見，這人頭頂上梳着髮捲，戴着道帽。一看就知道他可不是市井上一般的平凡的人。別人正想要問，還不等開口，他就說他是某山上的道人，他下山來是爲的奔向山東的泰山去，誰知路出波折，缺少盤程，就流落在這呼蘭河的左右，已經不下半年之久了。

「人家問他，既是道人，爲什麼不穿道上的衣裳。他回答說：

「你們那裏曉得，世間三百六十行，各有各的苦。這地方的警察特別厲害，他一看穿了道人的衣裳，他就說三問四，他們那些叛道的人，無理可講，說抓就抓，說拿就拿。」

（他還有一個別號，叫雲遊眞人，他說一提雲遊眞人，遠近皆知。無管什麼病痛或是吉兇，若一抽了他的帖兒，則生死存亡就算定了。他說他的帖法，是張天師所傳。

（他的帖兒並不多，只有四個，他從衣裳的口袋裏一個一個的往外摸，摸出一帖來是用紅紙包着，再一帖還是紅紙包着，摸到第四帖也都是紅紙包着。

（他說帖下也沒有字，也沒有影。裏邊只包着一包藥麵，一包紅，一包綠，一包藍，一包黃。抽着黃的就是黃金富貴，抽着紅的就是紅顏不老。抽到綠的就不大好了，綠色的是鬼火。抽到藍的也不大好，藍的就是鐵臉藍靑，張天師說過，鐵臉藍靑，不死也得見閻王。

（那抽帖的人念完了一套，就讓病人的親人伸出手來抽。

（團圓媳婦的婆婆想，這倒也簡單，容易，她想趕快抽一帖出來看看，命定是死是活，多半也可以看出來個大概。不曾想，剛一伸出手去，那雲遊眞人就說：

「每帖十吊錢，抽着藍的，若嫌不好，還可以再抽，每帖十吊……」

（團圓媳婦的婆婆一聽，這才恍然大悟，原來這可不是白抽的，十吊錢一張可不是玩的，一吊錢檢豆腐可以檢二十塊。三天檢一塊豆腐，二十塊，二三得六，六十天都有豆腐吃。若是隔十天檢一塊，一個月檢三塊，那就半年都不缺豆腐吃了。她又想，三天一塊豆腐，那有這麼浪費的人家。依着她一個月檢一塊大家嚐嚐也就是了，那麽辦，二十塊豆腐，每月一塊，可以吃二十個月，這二十個月，就是一年半還多兩個月。

（若不是買豆腐，若養一口小肥猪，經心的喂着牠，喂得胖胖的，喂到五六個月，那就是多少錢哪！喂到一年，那就是千八百吊了……

（再說就是不賣猪，買雞也好，十吊錢的雞，就是十來個，一年的雞，第二年就可以下蛋，一個蛋，多少錢！就說不賣雞蛋，就說拿雞蛋換青菜吧，一個雞蛋換來的青菜，够老少三輩吃一天的了……何況雞會生蛋，蛋還會生雞，永遠這樣循環的生下去，豈不有無數的雞，無數的蛋了嗎？豈不發了財嗎？

（但她可並不是這麽想，她想够吃也就算了，够穿也就算了。一輩子儉儉樸樸，多多少少積儲了一點也就够了。她雖然是愛錢，若說讓她發財，她可絕對的不敢。

（那是多麽多呀！數也數不過來了。記也記不住了。假若是雞生了蛋，蛋生了雞，來回的不斷的生，這將成個什麽局面，雞豈不和螞蟻一樣多了嗎？看了就要眼花，眼花就要頭痛。

（這團圓媳婦的婆婆，從前也養過雞，就是養了十吊錢的。她也不多養，她也不少養。十吊錢的就是她最理想的。十吊錢買了十二個小雞子，她想：這就正好了，再多怕丟了，再少又不够十吊錢的。

（在她一買這剛出蛋殼的小雞子的時候，她就挨着個看，這樣的不要那樣的不要。黑爪的不要，花膀的不要，腦門上帶點的又不要。她說她親娘就是會看雞，那眞是養了一輩子雞呀！年年養，可也不多養。可是一輩子針啦，線啦，沒有缺過，一年到頭臙花過錢，都是拿雞蛋換的。人家那眼睛眞是認貨，什麼樣的雞短命，什麼樣的雞長壽，一看就跑不了她老人家的眼睛的。就說這樣的雞下蛋大，那樣的雞下蛋小，她都一看就在心裏了。

（她一邊買着雞，她就一邊怨恨着自己沒有用，想當年爲什麼不跟母親好好學學呢！唉！年靑的人那裏會慮後事。她一邊買着，就一邊感嘆。她雖然對這小雞子的選擇上邊，也下了萬分的心思，可以說是選無可選了。那賣雞子的人一共有二百多小雞，她通通的選過了，但究竟她所選了的，是否都是頂優秀的，這一點，她自己也始終把握不定。

（她養雞，是養得很經心的，她怕貓吃了，怕耗子咬了。她一看那小雞，白天一打盹，她就給驅着蒼蠅，怕蒼蠅把小雞咬醒了，她讓牠多睡一會，她怕小雞睡眠不足，小雞的腿上，若讓蚊子咬了一塊疤，她一發現了，她就立刻泡了艾蒿水來給小雞來擦。她說若不及早的擦呀，那將來是公雞，就要長不大，是母雞就要下小蛋。小雞蛋一個換兩塊豆腐，大雞蛋換三塊豆腐。

（這是母雞。再說公雞，公雞是一刀菜，誰家殺雞不想殺胖的。小公雞是不好賣的。

（等她的小雞，略微長大了一點，能够出了屋了，能够在院子裏自己去找食吃去的時候，她就把牠們給染了六個紅的，六匹綠的。都是在腦門上。

（至於把顏色染在什麼地方，那就先得看鄰居家的都染在什麼地方，而後才能够決定。鄰居家的小雞把色染在膀梢上，那她就染在腦門上。鄰居家的若染在了腦門上，那她就要染在肚囊上。大家切不要都染在一個地方，染在一個地方可怎麼能够識別呢？你家的跑到我家來，我家的跑到你家去，那麼豈不又要混亂了嗎？

（小雞上染了顏色是十分好看的，紅腦門的，綠腦門的，好像牠們都戴了花帽子。好像不是養的小雞，好像養的是小孩似的。

（這團圓媳婦的婆婆從前她養雞的時候就說過：

「養雞可比養小孩更嬌貴，誰家的孩子還不就是扔在旁邊他自己長大的，蚊子咬咬，臭蟲咬咬，那怕什麼的，那家的孩子的身上沒有個疤拉癩子的，沒有疤拉癩子的孩子都不好養活。都要短命的。」

（據她說，她一輩子的孩子並不多，就是這一個兒子，雖然說是稀少，可是也沒有嬌養過。

到如今那身上的疤也有二十多塊。

（她說：

「不信，脫了衣裳給大家伙看看……那孩子那身上的疤拉，眞是多大的都有，盌口大的也有一塊。眞不是說，我對孩子眞沒有嬌養過。除了他自個兒跌的摔的不說，就說我用劈材拌子打的也落了好幾個疤。養活孩子可不是養活雞鴨的呀！養活小雞，你不好好養牠，牠不下蛋。一個蛋，大的換三塊豆腐，小的換兩塊豆腐，是鬧玩的嗎？可不是鬧着玩的。」

（有一次，她的兒子踏死了一個小雞子，她打了她兒子三天三夜，她說：

「我爲什麼不打他呢？一個雞子就是三塊豆腐，雞子是雞蛋變的呀！要想變一個雞仔，就非一個雞蛋不行，半個雞蛋能行嗎？不但半個雞蛋不行，就是差一點也不行，壞雞蛋不行，陳雞蛋不行。一個雞要一個雞蛋，那麼一個雞不就是三塊豆腐是什麼呢？眼睜睜的把三塊豆腐放在腳底踩了，這該多大的罪，不打他，那兒能够不打呢？我越想越生氣，我想起來就打，無管黑夜白日，我打了他三天。後來打出一場病來，半夜三更的，睡得好好的說哭就哭。可是我也沒有當他是一回子事，我就拿飯勺子敲着門框，給他叫了叫魂。沒理他也就好了。」

（她這有多少年沒養雞了，自從訂了這團圓媳婦，把積存下的那點針頭線腦的錢都花上了。

這還不說，還得每年頭繩錢啦，腿帶錢的託人捎去，一年一個空，這幾年來就緊得不得了。想養幾個雞，都狠心沒有養。

（現在這抽帖的雲遊眞人坐在她的眼前，一帖又是十吊錢　。若是先不提錢，先讓她把帖抽了，那管抽完了再要錢呢，那也總算是沒有花錢就抽了帖的。可是偏偏不先，那抽帖的人，帖還沒讓抽，就是提到了十吊錢。

（所以那團圓媳婦的婆婆覺得，一伸手，十吊錢，一張口，十吊錢。這不是眼看着錢往外飛嗎？

（這不是飛，這是幹什麼，一點聲響也沒有，一點影子也看不見。還不比過河，往河裏扔錢，往河裏扔錢，還聽一個響呢，還打起一個水泡呢。這是什麼代價也沒有的，好比自己發了昏，把錢丢了，好比遇了强盜，活活的把錢搶去了。

（團圓媳婦的婆婆，差一點沒因爲心內的激憤而流了眼淚。她一想十吊錢一帖，這那裏是抽抽，這是抽錢。

（於是她把伸出去的手縮回來了。她趕快跑到臉盆那裏去，把手洗了，這可不是鬧笑話的，這是十吊錢哪！她洗完了手又跪在灶王爺那裏禱告了一翻。禱告完了才能够抽帖的。

（她第一帖就抽了個綠的，綠的不大好，綠的就是鬼火。她再抽一抽，這一帖就更壞了，原來就是那最壞的不死也得見閻王的裏邊包着藍色藥粉的那張帖。

（團圓媳婦的婆婆一見兩帖都壞，本該抱頭大哭。但是她沒有那麼的，自從團圓媳婦病重了，說長的，道短的，說死的，說活的，樣樣都有。又加上已經左次右番的請胡仙，跳大神，鬧神鬧鬼，已經使她見過不少的世面了。說話雖然高興，說去見閻王也不怎樣悲哀，似乎一時也總像見不了的樣子。

（於是她就問那雲遊眞人，兩帖抽的都不好。是否可以想一個方法可以破一破？雲遊眞人就說了：

「拿筆拿墨來。」

（她家本也沒有筆，大孫子媳婦就跑到大門洞子旁邊那糧米鋪去借去了。

（糧米鋪的山東女老板，就用山東腔問他：

「你家做啥？」

（大孫子媳婦說：

「給弟妹畫病。」

（女老板又說：

「你家的弟妹，這一病就可不淺，到如今好了點沒？」

（大孫子媳婦本想端着硯台拿着筆就跑，可是人家關心，怎好不答，於是去了好幾袋煙的工夫，還不見回來。

（等她拖了硯台回來的時候，那雲遊眞人，已經把紅紙都撕好了。於是拿起筆來，在他撕好的四塊紅紙上，一塊上邊寫了一個大字，那紅紙條也不過半寸寬，一寸長。他寫的那字大得都要從紅紙的四邊飛出來了。

（這四個字，他家本沒有識字的人，灶王爺上的對聯還是求人寫的。一模一樣，好像一母所生，也許寫的就是一個字。大孫子媳婦看看不認識，奶奶婆婆看看也不認識。雖然不認識，大概這個字一定也壞不了，不然就用這個字怎麼能破開一個人不見閻王呢？於是都一齊點頭稱好。

（那雲遊眞人又命拿漿糊來。她們家終年不用漿糊，漿糊多麼貴，白麵十多吊錢一斤。都是用黃米飯粒來黏鞋面的。

（大孫子媳婦到鍋裏去鏟了一塊黃黏米飯來。雲遊眞人，就用飯粒貼在紅紙上了。於是掀開團圓媳婦蒙在頭上的破棉襖，讓她拿出手來，一個手心上給她貼一張。又讓她脫了襪子，一隻脚心上給她貼上一張。

（雲遊眞人一見，脚心上有一大片白色的疤痕，他一想就是方才她婆婆所說的用烙鐵給她烙的。可是他假裝不知，問說：

「這脚心可是生過什麼病症嗎？」

（團圓媳婦的婆婆連忙就接過來說：

「我方才不是說過嗎，是我用烙鐵給她烙的，那裏會見過的呢？走道像飛似的，打她，她記不住，我就給她烙一烙。好在也沒什麼，小孩子肉皮活，也就是十天半月的下不來地，過後也就好了。」

（那雲遊眞人想了一想，好像要嚇唬她一下，就說這脚心的疤，雖然是貼了紅帖，也怕貼不住，閻王爺是什麼都看得見的，這疤怕是就給了閻王爺以特殊的記號，有點不大好辦。

（雲遊眞人說完了，看一看她們怕不怕，好像是不怎樣怕。於是他就說得嚴重一些：

「這疤不掉，閻王爺在三天之內就能够找到她，一找到她，就要把她活捉了去的。剛才的那帖是再準也沒有的了，這紅帖也絕沒有用處。」

（他如此的嚇唬着她們，似乎她們從奶奶婆婆到孫子媳婦都不大怕。那雲遊眞人，連想也沒有想，於是開口就說：

「閻王爺不但要捉的團圓媳婦去，還要捉了團圓媳婦的婆婆去，現世現報，拿烙鐵烙脚心，還不是虐待，這是什麼，婆婆虐待媳婦，做婆婆的死了下油鍋，老胡家的婆婆虐待媳婦……」

（他就越說越聲大，似乎要喊了起來，好像他是專打抱不平的好漢，而變了他原來的態度了。

（一說到這裏，老胡家的老少三輩都害怕了，毛骨悚然，以爲她家裏又是撞進來了什麼惡魔。而最害怕的是團圓媳婦的婆婆，嚇得亂哆嗦，這是多麼駭人聽聞的事情，虐待媳婦世界上能有這樣的事情嗎？

（於是團圓媳婦的婆婆趕快跪下了，面向着那雲遊眞人，眼淚一對一雙的往下落：

「這都是我一輩子沒有積德，有孽遭到兒女的身上，我哀告眞人，請眞人誠心的給我化散化散，借了眞人的靈法，讓我的媳婦死裏逃生吧。」

（那雲遊眞人立刻就不說見閻王了，說她的媳婦一定見不了閻王，因爲他還有一個辦法一辦就好的；說來這法子也簡單得很，就是讓團圓媳婦把襪子再脫下來，用筆在那疤痕上一畫，閻王爺就看不見了。當場就脫下襪子來在脚心上畫了。一邊畫着還嘴裏嘟嘟的念着咒語。這一畫不知費了多大力氣，旁邊看着的人倒覺十分的容易，可是那雲遊眞人却冒了滿頭的汗，他故意的咬牙切齒，皺面瞪眼。這一畫也並不是容易的事情，好像他在上刀山似的。

畫完了，把錢一算，抽了兩帖二十吊。寫了四個紅紙貼在脚心手心上，每帖五吊是半價出售的，一共是四五等於二十吊。外加這一畫，這一畫本來是十吊錢，現在就給打個對折吧，就算五吊錢一隻脚心，一共畫了兩隻脚心，又是十吊。

二十吊加二十吊，再加十吊。一共是五十吊。

雲遊眞人拿了這五十吊錢樂樂呵呵的走了。

團圓媳婦的婆婆，在她剛要抽帖的時候，一聽每帖十吊錢，她就心痛得了不得，又要想用這錢養雞，又要想用這錢養豬。等到現在五十吊錢拿出去了，她反而也不想雞了，也不想養豬了。因爲她想，來到臨頭，不給也是不行了。帖也抽了，字也寫了，要想不給人家錢也是不可能的了。事到臨頭，還有什麼辦法呢？別說五十吊，就是一百吊錢也得算着嗎？不給還行嗎？

於是她心安理得的把五十吊錢給了人家了。這五十吊錢，是她秋天出城去在豆田裏拾黃豆粒，一共拾了二升豆子賣了幾十吊錢。在田上拾黃豆粒也不容易，一片大田，經過主人家的收割，還能够剩下多少豆粒呢？而況窮人聚了那麼大的一羣，孩子，女人，老太太……你搶我奪的，你爭我打的。爲了二升豆子就得在田上爬了半月二十天的，爬得腰酸腿疼。唉，爲着這點豆子，那團圓媳婦的婆婆還到「李永春」藥舖，去買過二兩紅花的。那就是因爲在土上爬豆子的時候，有一棵豆秧刺了她的手指甲一下。她也沒有在乎，把刺拔出來也就去他的了。該拾豆子還是拾豆子。就因此那指甲可就不知怎麼樣，睡了一夜那指甲就腫起來了，腫得和茄子似的。

（這腫一腫又算什麼呢？又不是皇上娘娘，說起來可眞嬌慣了，那有一個人吃天糞天，而不生點天災的？

（鬧了好幾天，夜裏痛得火喇喇的不能睡覺了。這才去買了二兩紅花來。

（說起買紅花來，是早就該買的，奶奶婆婆勸她買，她不買。大孫子媳婦勸她買，她也不買。她的兒子想用孝順來爭服他的母親，他强硬的要去給她買，因此還挨了他媽的一煙袋鍋子，這一煙袋鍋子就把兒子的腦袋給打了雞蛋大的一個包。

「你這小子，你不是敗家嗎？你媽還沒死，你就作了主了。小兔仔子，我看着你再說買紅花的，大兔仔子我看着你的。

（就這一邊駡着，一邊煙袋鍋子就打下來了。

（後來也到底還是買了，大概是驚動了東隣西舍，這家說說，那家講講的，若再不買點紅花來，也太不好看了，讓人家說老胡家的大兒媳婦，一年到頭，就能够尋尋覓覓的積錢，錢一到她的手裏，就好像掉了地縫了，一個錢也再不用想從她的手裏拏出來。假若這樣的說開去，也是不太好聽，何況這檢來的豆子能賣好幾十吊呢，花個三吊兩吊的就花了吧。一咬牙，去買上二兩紅花來擦擦。

（想雖然是這樣想過了，但到底還沒有決定，延持了好幾天還沒有「一咬牙。」

（最後也畢竟是買了，她選擇了一個頂嚴重的日子，就是她的手，不但一個指頭，而是整個的手都腫起來了。那原來腫得像茄子的指頭，現在更大了，已經和一個小東瓜似的了。而且連手掌也無限度的胖了起來，胖得和張大簸箕似的。她多少年來，就嫌自己太瘦，她總說，太瘦的人沒有福分。尤其是瘦手瘦脚的，一看就不帶福相。尤其是精瘦的兩隻手，一伸出來和雞爪似的，眞是輕薄的樣子。

（現在她的手是胖了，但這樣胖法，是不大舒服的。同時她也發了點熱，她覺得眼睛和嘴都乾，臉也發燒，身上也時冷時熱，她就說：

「這手是要鬧點事嗎？這手……」

（一清早起，她就這樣的念了好幾遍。那胖得和小簸箕似的手，是一動也不能動了，好像一四大貓或者一個小孩的頭似的，她把它放在枕頭上和她一齊的躺着。

「這手是要鬧點事的吧！」

「當她的兒子來到她旁邊的時候，她就這樣說。

（她的兒子一聽她母親的口氣，就有些了解了。大概這回她是要買紅花的了。

（於是她的兒子跑到奶奶的面前，去商量着要給她母親去買紅花，她們家住的是南北對面的炕，那商量的話聲，雖然不甚大，但是他的母親是聽到的了。聽到了，也假裝沒有聽到，好表示這買紅花可到底不是她的意思，可並不是她的主使，她可沒有讓他們去買紅花。

（在北炕上，祖孫二人商量了一會，孫子說向她媽去要錢去。祖母說：

「拿你奶奶的錢先去買吧，你媽好了再還我。」

（祖母故意把這句說得聲音大一點，似乎故意讓她的大兒媳婦聽見。

（大兒媳婦是不但這句話，就是全部的話也都了然在心了，不過裝着不動就是了。

（紅花買回來了，兒子坐到母親的旁邊，兒子說：

「媽，你把紅花酒擦上吧。」

（母親從枕頭上轉過臉兒來，似乎買紅花這件事情，事先一點也不曉得，說：

「喲！這小鬼羔子，到底買了紅花來……」

（這回可並沒有用煙袋鍋子打，倒是安安靜靜地把手伸出來，讓那浸了紅花的酒，把一隻胳手完全染上了。

（這紅花到底是二吊錢的，還是三吊錢的，若是二吊錢的倒給的不算少，若是三吊錢的，那可貴了一點，若是讓她自己去買，她可絕對的不能買這麼多，也不就是紅花嗎！紅花就是紅的就是了，治病不治病，誰曉得？也不過就是解解心疑就是了。

（她想着想着，因爲手上塗了酒覺得涼爽，就要睡一覺，又加上燒酒的氣味香撲撲的，紅花的氣味藥忽忽的。她覺得實在是舒服了不少。於是她一閉眼睛就做了一個夢。

（這夢做的是她買了兩塊豆腐，這豆腐又白又大。是用什麼錢買的呢？就是用買紅花剩來的錢買的。因爲在夢裏邊她夢見是她自己去買的紅花。她自己也不買三吊錢的。也不買兩吊錢的，是買了一吊錢的。在夢裏邊她還算着，不但今天有兩塊豆腐吃，那天一高興還有兩塊吃的！三吊錢才買了一吊錢的紅花呀！

（現在她一遭就拿了五十吊錢給了雲遊眞人。若照她的想法來思，這五十吊錢可該買多少豆腐了呢？

（但是她沒有想，一方面因爲團圓媳婦的病也實在病得纏綿，在她身上花錢也花得大手大脚的了。另一方面就是那雲遊眞人的來勢也過於猛了點，竟打起抱不平來，說她虐待團圓媳婦。還是趕快的給了他錢，讓他滾蛋吧。

（眞是家裏有病人是什麼氣都受得呵。團圓媳婦的婆婆左思右想，越想越是自己遭了無枉之災，滿心的寃曲，想駡又沒有對象，想哭又哭不出來，想打也無處下手了。

（那小團圓媳婦再打也就受不住了。

（若是那小團圓媳婦剛來的時候，那就非先抓過她來打一頓再說。做婆婆的打了一隻飯盌，也抓過來把小團圓媳婦打一頓。她丢了一根針也抓過來把小團圓媳婦打一頓。她跌了一個筋斗，把單褲膝蓋的地方跌了一個洞，她也抓過來把小團圓媳婦打一頓。總之，她一不順心，她就覺得她的手就想要打人。她打誰呢？誰能够讓她打呢？於是就輪到小團圓媳婦了。

（有娘的，她不能够打。她自己的兒子也捨不得打。打貓，她怕把貓打丢了。打狗，她怕把狗打跑了。打猪，怕猪掉了斤兩。打雞，怕雞不下蛋。

（惟獨打這小團圓媳婦是一點毛病沒有，她又不能跑掉，她又不能丢了。她又不會下蛋，反正也不是猪，打掉了一些斤兩也不要緊，反正也不過稱。

（可是這小團圓媳婦，一打也就吃不下飯去。吃不下飯去不要緊，多喝一點飯米湯好啦，反正飯米湯剩下也是要喂猪的。

（可是這都成了已往的她的光榮的日子了，那種自由的日子恐怕一時不會再來了。現在她不用說打，就連駡也不大駡她了。

（現在她別的都不怕，她就怕她死，她心裏總有一個陰影，她的小團圓媳婦可不要死了呵。

（於是她碰到了多少的困難，她都克服了下去，她咬着牙根，她忍住眼淚，她要駡不能駡，她要打不能打。她要哭，她又止住了。無限的傷心，無限的悲哀，常常一齊會來到她的心中的。她想，也許是前生沒有做了好事，此生找到她了。不然爲什麽連一個團圓媳婦的命都沒有。她想一想，她一生沒有做過惡事，面軟，心慈，凡事都是自己吃虧，讓着別人。雖然沒有吃齋念佛。但是初一十五的素口也自幼就吃着。雖然不怎樣拜廟燒香。但四月十八的廟會，也沒有拉下過。娘娘廟前一把香，老爺廟前三個頭。那一年也都是燒香磕頭的沒有拉過「過場」。雖然是自小沒有讀過詩文，不認識字。但是「金剛經」「灶王經」也會念上兩套。雖然說不會做過捨善的事情，沒有補過路，沒有修過橋。但是逢年過節，對那些討飯的人，也常常給過他們剩湯剩飯的。雖然過日子不怎樣儉省，但也沒有多吃過一塊豆腐。拍拍良心對天對得起，對地也對得住。那爲什麽老天爺明明白白的却把禍根種在她身上？

（她越想，她越心煩意亂。

「都是前生沒有做了好事，今生才找到了。」

（她一想到這裏，她也就不再想了，反正事到臨頭，瞎想一陣又能怎樣呢？於是她自已勸着自已就又忍着眼淚，咬着牙根，把她那兢兢業業的，養猪喂狗所積下來的那點錢，又一吊一吊的，一五一十的，往外拿着。

（東家說，看個香火，西家說吃個偏方。偏方，野藥，大神，趕鬼，看香，扶乩。樣樣都已經試過。錢也不知花了多少，但是都不怎樣見效。

（那小團圓媳婦夜裏說夢話，白天發燒。一說起夢話來，總是說她要回家。

（「回家」這兩個字，她的婆婆覺得最不祥，就怕她是陰間的花姐，閻王奶奶要把她叫了回去。於是就請了一個圓夢的。那圓夢的一圓，果然不錯，「回家」就是回陰間地獄的意思。

（所以那小團圓媳婦，做夢的時候，一夢到她的婆婆打她，或者是用梢子繩把她吊在房樑上了，或是夢見婆婆用烙鐵烙她的脚心，或是夢見婆婆用針刺她的手指尖。一夢到這些，她就大哭大叫，而且嚷着她要「回家」。

「婆婆一聽她嚷回家，就伸出手去在大腿上擰着她。日子久了，擰來，擰去，那小團圓媳婦的大腿被擰得像一個梅花鹿似的青一塊，紫一塊的了。

「她是一份善心，怕是眞的她回了陰間地獄，趕快的把她叫醒來。

「可是小團圓媳婦睡得朦裏朦朧的，她以爲她的婆婆可又眞的在打她了，於是她大叫着，從炕上翻身起來，就跳下地去，拉也拉不住她，按也按不住她。

「她的力氣大得驚人，她的聲音喊得怕人。她的婆婆於是覺得更是見鬼了，着魔了。

「不但她的婆婆，全家的人也都相信這孩子的身上一定有鬼。

「誰聽了能够不相信呢？半夜三更的喊着回家，一招呼醒了，她就跳下地去，瞪着眼睛，張着嘴，連哭帶叫的，那力氣比牛還大，那聲音好像殺猪似的。

「誰能够不相信呢？又加上她婆婆的渲染，說她眼珠子是綠的，好像兩點鬼火似的，說她的喊聲，是直聲拉氣的，不是人聲。

「所以一傳出去，東鄰西舍的，沒有不相信的。

「於是一些善人們，就覺得這小女孩子也實在讓鬼給捉弄得可憐了。那個孩兒是沒有娘的，那個人不是肉生肉長的。誰家不都是養老育小，……於是大動惻忍之心。東家二姨，西家三姑，她說她有奇方，她說她有妙法。

（於是就又跳神趕鬼，看香，扶乩，老胡家鬧得非常熱鬧。傳爲一時之盛。若有不去看跳神趕鬼的，竟被指爲落伍。

（因爲老胡家跳神跳得花樣翻新，是自古也沒有這樣跳的，打破了跳神的紀錄了，給跳神開了一個新紀元。若不去看看，耳目因此是會閉塞了的。

（當地沒有報紙，不能記錄這樁盛事。若是患了半身不隨的人，患了癱病的人，或是大病臥床不起的人，那眞是一生的不幸，大家也都爲他婉惜，怕是他此生也要寡陋孤聞，因爲這樣的隆重的盛擧，他究竟不能够參加。

（呼蘭河這地方，倒底是太閉塞，文化是不大有的。雖然當地的官、紳，認爲已經滿意了，而且請了一位滿淸的翰林，作了一首歌，歌曰：

溯呼蘭天然森林，自古多奇材，

5 5 5 3 | 5 5 1̇ 1̇ | 2̇ 1̇ 3̇ 3̇ 2̇

（這首歌還配上了從東洋流來的樂譜，使當地的小學都唱着。這歌不止這兩句這麽短，不過只唱這兩句就已經够好的了。所好的是使人聽了能够引起一種自負的感情來，猶其當淸明植樹節的時候，幾個小學堂的學生都排起隊來在大街上遊行，並唱着首歌。使老百姓聽了，也覺得呼蘭河是個了不起的地方，一開口說話就：「我們呼蘭河」，那在街道上檢糞蛋的孩子，手裏提着糞耙子，他還說，「我們呼蘭河」！可不知道呼蘭河給了他什麽好處。也許那糞耙子就是呼蘭河給了他的。

（呼蘭河這地方，盡管奇才很多，但到底太閉塞，竟不會辦一張報紙。以至於把當地的奇聞妙事都沒有記載，任也風散了。

（老胡家跳大神，就實在跳得奇。用大缸給團圓媳婦洗澡。而且是當衆就洗的。

（這種奇聞盛舉一經傳了出來，大家都想去開開眼界，就是那些患了半身不隨的，患了癱病的人，人們覺得他們癱了倒沒有什麽，只是不能够前來看老胡家團圓媳婦大規模的洗澡，眞是一生的不幸）。

五

天一黃昏，老胡家就打起鼓來了。大缸，開水，公雞，都預備好了。

公雞抓來了，開水燒滾了，大缸擺好了。

看熱鬧的人，絡繹不絕的來看。我和祖父也來了。

小團圓媳婦躺在炕上，黑忽忽的，笑呵呵的。我給她一個玻璃球，又給她一片盌碟，她說這盌碟很好看，她拿在眼睛前照一照。她說這玻璃球也很好玩，她用手指甲彈着。她看一看她的婆婆不在旁邊，她就起來了，她想要坐起來在炕上彈這玻璃球。

還沒有彈，她的婆婆就來了，就說：

「小不知好歹的，你又起來風什麼？」

說着走近來，就用破棉把她蒙起來了，蒙得沒頭沒腦的，連臉也露不出來。

我問祖父她爲什麼不讓她玩？

祖父說：

「她有病。」

我說：

「她沒有病，她好好的。」

於是我上去把棉襖給她掀開了。

掀開一看，她的眼睛早就睜着。她問我，她的婆婆走了沒有，我說走了，於是她又起來了。

她一起來，她的婆婆又來了。又把她給蒙了起來說：

「也不怕人家笑話，病得跳神趕鬼的，那有的事情，說起來，就起來。」

這是她婆婆向她小聲說的，等婆婆回過頭去向着衆人，就又那麽說：

「她是一點也着不得涼的，一着涼就犯病。」

屋裏屋外，越張羅越熱鬧了，小團圓媳婦跟我說：

「等一會你看吧，就要洗澡了。」

她說着的時候，好像說着別人的一樣。

果然，不一會工夫就洗起澡來了，洗得吱哇亂叫。

大神打着鼓，命令她當衆脫了衣裳。衣裳她是不肯脫的。她的婆婆抱住了她，還請了幾個幫忙的人，就一齊上來，把她的衣裳撕掉了。

她本來是十二歲，却長得十五六歲那麽高，所以一時看熱鬧的姑娘媳婦們，看了她。都難爲情起來。

很快的小團圓媳婦就被抬進大缸裏去。大缸裏滿是熱水。是滾熱的熱水。

她在大缸裏邊，叫着，跳着，好像她要逃命似的狂喊。她的旁邊站着三四個人從缸裏攪起熱水來往她的頭上澆。不一會，澆得滿臉通紅，她再也不能够掙扎了，她安穩的在大缸裏邊站着，她再不往外邊跳了，大概她覺得跳也跳不出來了。那大缸是很大的，她站在裏邊僅僅的露着一個頭。

我看了半天，到後來她連動也不動，哭也不哭，笑也不笑。滿臉的汗珠，滿臉通紅，紅得像一張紅紙。

我跟祖父說：

「小團圓媳婦不叫了。」

我再往大缸裏一看，小團圓媳婦沒有了。她倒在大缸裏了。

這時候，看熱鬧的人們，一聲狂喊，都以爲小團圓媳婦是死了，大家都跑過去拯救她，竟有心慈的人，流下眼淚來。

（小團圓媳婦還活着的時候，她像要逃命似的前一刻她還求救於人的時候，並沒有一個人上前去幫忙她，把她從熱水裏解救出來。）

（現在她是什麼也不知道了，什麼也不要求了。可是一些人，偏要去救她。）

（把她從大缸裏抬出來，給她澆一點冷水。這小團圓媳婦一昏過去，可把那些看熱鬧的人可憐得不得了，就是前一刻她還主張着用熱水澆哇！用熱水澆哇的人。現在也心痛起來。怎能够不心痛呢，活蹦亂跳的孩子，一會工夫就死了。）

小團圓媳婦擺在炕上，渾身像火炭那般熱，東家的嬸子，伸出一雙手來，到她身上去摸一摸，西家大娘也伸出手來到她身上去摸一摸。

都說：

「喲喲，熱得和火炭似的。」

有的說，水太熱了一點，有的說，不應該往頭上澆，大熱的水，一澆那有不昏的。

大家正在談說之間，她的婆婆過來，趕快拉了一張破棉襖給她蓋上了，說：

「赤身裸的羞不羞！」

（小團圓媳婦怕羞不肯脫下衣裳來，她婆婆喊着號令給她撕下來了。現在她什麼也不知道了，她沒有感覺了，婆婆反而替她着想了。）

（大神打了幾陣鼓，二神向大神對了幾陣話。看熱鬧的人，你望望他，他望望你。雖然不知道下文如何，這小團圓媳婦到底是死是活。但却沒有白看一場熱鬧，到底是開了眼界，見了世面，總算是不無所得的。）

有的竟覺得困了，問着別人，三道是否打了橫鑼，說他要回家睡覺去了。

（大神一看這場面不大好，怕是看熱鬧的人都要走了，就賣一點力氣叫一叫座，於是痛打了一陣鼓，噴了幾口酒在團圓媳婦的臉上。從腰裏拿出銀針來，刺着小團圓媳婦的手指尖。）

不一會，小團圓媳婦就活轉來了。

大神說，洗澡必得連洗三次，還有兩次要洗的。

（於是人心大爲振奮，困的也不困了，要回家睡覺的也精神了。這來看熱鬧的，不下三十人，個個眼睛發亮，人人精神百倍。看吧，洗一次就昏過去了，洗兩次又該怎樣呢？洗上三次，那可就不堪想像了。所以看熱鬧的人的心裏，都滿着祕密。）

（果然的，小團圓媳婦一被抬到大缸裏去，被熱水一燙，就又大聲的怪叫了起來，一邊叫着一邊還伸出手來把着缸沿想要跳出來。這時候，澆水的澆水，按頭的按頭，總算讓大家壓服又把她昏倒在缸底裏了。）

這次她被抬出來的時候，她的嘴裏還往外吐着水。

（於是一些善心的人，是沒有不可憐這小女孩子的）。東家的二姨，西家的三嬸，就都一齊圍攏過去，都去設法施救去了。

她們圍攏過去，看看有死沒有？（若還有氣，那就不用救。若是死了，那就趕快澆涼水。）

（若是有氣，她自己就會活轉來的。若是斷了氣，那就趕快施救，不然怕她眞的死了。）

六

小團圓媳婦當晚被熱水燙了三次，燙一次昏一次。

（鬧到三更天才散了場。大神回家去睡覺去了。看熱鬧的人也都回家去睡覺去了。

（星星月亮，出滿了一天，冰天雪地正是個冬天。雪掃着牆根，風刮着窗櫺。雞在架裏邊睡覺，狗在窩裏邊睡覺，猪在欄裏邊睡覺，全呼蘭河都睡着了。

（只有遠遠的狗叫，那或許是從白旗屯傳來的，或者是從呼蘭河的南岸那柳條林子裏的野狗的叫喚。總之，那聲音是來得很遠，那已經是呼蘭河城以外的事情了。而呼蘭河全城，就都一齊睡着了。

（前半夜那跳神打鼓的事情一點也沒有留下痕跡。那連哭帶叫的小團圓媳婦，好像在這世界上她也並未曾哭過叫過，因爲一點痕跡也並未留下。家家戶戶都是黑洞洞的，家家戶戶都睡得沉實實的。

（團圓媳婦的婆婆也睡得打呼了。

（因爲三更已經過了，就要來到四更天了。）

七

（第二天小團圓媳婦昏昏沉沉的睡了一天，第三天，第四天，也都是昏昏沉沉的睡着，眼睛似睜非睜的，留着一條小縫，從小縫裏邊露着白眼珠。

（家裏的人，看了她那樣子，都說，這孩子經過一番操持，怕是眞魂就要附體了，眞魂一附了體，病就好了。不但她的家裏人這樣說，就是隣人也都這樣說。所以對於她這種不飲不食，似睡非睡的狀態，不但不引以爲憂，反而覺得應該慶幸。她昏睡了四五天，她家的人就快樂了四五天，她睡了六七天，她家的人就快樂了六七天。在這期間，絕對的沒有使用偏方，也絕對的沒有採用野藥。

（但是過了六七天，她還是不飲不食的昏睡，要好起來的現象一點也沒有。

（於是又找了大神來，大神這次不給她治了，說這團圓媳婦非出馬當大神不可。

（於是又採用了正式的趕鬼的方法，到扎彩鋪去，扎了一個紙人，而後給紙人縫起布袋來穿上，——穿布衣裳為的是絕對的像眞人——擦脂抹粉，手裏提着花手巾，很是好看，穿了滿身花洋布的衣裳，打扮成一個十七八歲的大姑娘。用人抬着，抬到南河沿旁邊那大土坑去燒了。

（這叫做燒「替身」，據說把這「替身」一燒了，她可以替代眞人，眞人就可以不死。

（燒「替身」的那天，團圓媳婦的婆婆為着表示虔誠，她還特意的請了幾個吹鼓手，前邊用人舉着那扎彩人，後邊跟着幾個吹鼓手，嗚哂嗆，嗚哂嗆的向着南大土坑走去了。

（那景況說熱鬧也很熱鬧，喇叭曲子吹的是句句雙。說凄涼也很凄涼。前邊一個扎彩人，後邊三五個吹鼓手，出喪不像出喪，報廟不像報廟。

（跑到大街上來看這熱鬧的人也不很多，因為天太冷了，探頭探腦的跑出來的人一看，覺得沒有什麼可看的，就關上大門回去了。

（所以就孤孤單單的，凄凄涼涼在大土坑那裏把那扎彩人燒了。

（團圓媳婦的婆婆一邊燒着還一邊後悔，若早知道沒有什麼看熱鬧的人，那又何必給這扎彩人穿上真衣裳，她想要從火堆中把衣裳搶出來。但又來不及了。就眼看着讓它燒去了。這一套衣裳，一共花了一百多吊錢。於是她看着那衣裳的燒去，就像眼看着燒去了一百多吊錢。

（她心裏是又悔又恨，她簡直忘了這是她的團圓媳婦燒替身，她本來打算唸一套禱神告鬼的詞句。她回來的時候，走在路上才想起來。但想起來也晚了，於是她自己感到大概要白白的燒了個替身，靈不靈誰曉得呢！）

八

後來又聽說那團圓媳婦的大辮子，睡了一夜覺就掉下來了。

就掉在枕頭旁邊，這可不知是怎麼回事。

她的婆婆說這團圓媳婦一定是妖怪。

把那掉下來的辮子留着，誰來給誰看。

看那樣子一定是什麼人用剪刀給她剪下來的。但是她的婆婆偏說不是，就說，睡了一夜覺就自己掉下來了。

（於是這奇聞又遠近的傳開去了。不但她的家人不願意和妖怪在一起，就是同院住的人也都覺得太不好。）

（夜裏關門關窗戶的，一邊關着於是就都說：

「老胡家那小團圓媳婦一定是個小妖怪」。）

我家的老廚夫是個多嘴的人，他和祖父講老胡家的團圓媳婦又怎樣怎樣了。又出了新花頭，辮子也掉了。

我說：

「不是的，是用剪刀剪的。」

老廚夫看我小，他欺侮我，他用手指住了我的嘴。他說：

「你知道什麽，那小團圓媳婦是個妖怪呀！」

我說：

「她不是妖怪，我偷着問她，她頭髮是怎麽掉了的？她還跟我笑呢！她說她不知道。」

祖父說：「好好的孩子快讓他們捉弄死了。」

過了些日子，老廚子又說：

「老胡家要『休妻』了，要『休』了那小妖怪。」

祖父以爲老胡家那人家不大好。

祖父說：「二月讓他搬家。把人家的孩子快捉弄死了，又不要了。」

九

還沒有到二月，那黑忽忽的，笑呵呵的小團圓媳婦就死了。是一個大清早晨，老胡家的大兒子，那個黃臉大眼睛的車老板子就來了。一見了祖父，他就雙手舉在胸前作了一個揖。

祖父問他什麼事？

他說：

「請老太爺施捨一塊地方，好把小團圓媳婦埋上……」

祖父問他：

「什麼時候死的？」

他說：

「我趕着車，天亮才到家。聽說半夜就死。」

祖父答應了他，讓他埋在城外的地邊上。並且招呼有二伯來，讓有二伯領着他們去。

有二伯臨走的時候，老廚子也跟去了。

我說，我也要去，我也跟去看看，祖父百般的不肯。祖父說：

「咱們在家下壓拍子打小雀吃……」

我於是就沒有去。雖然沒有去，但心裏邊總惦着有一回事。等有二伯也不回來，等那老廚子也不回來。等他們回來，我好聽一聽那情形倒底怎樣？

一點多鐘，他們兩個在人家喝了酒，吃了飯才回來的。前邊走着老廚子，後邊走着有二伯。好像兩個胖鴨子似的，走也走不動了，又慢又得意。

走在前邊的老廚子，眼珠通紅，嘴唇發光。走在後邊的有二伯，面紅耳熱，一直紅到他脖子下邊的那條大筋。

進到祖父屋來，一個說：

「酒菜眞不錯……」

一個說：

「……雞蛋湯打得也熱虎。」

關於埋葬團圓媳婦的經過，卻先一字未提。好像他們兩個是過年徊來的，充滿了歡天喜地的氣象。

我問有二伯，那小團圓媳婦怎麼死的，埋葬的情形如何。

有二伯說：

「你問這個幹什麼，人死還不如一隻雞……一伸腿就算完事……」

我問：

「有二伯，你多暗死呢？」

他說：

「你二伯死不了的……那家有萬貫的，那活着享福的，越想長壽，就越活不長……上廟燒香，上山拜佛的也活不長。像你有二伯這條窮命，越老越結實。好比個石頭疙疸似的，那兒死啦！俗語說得好，『有錢三尺壽，窮命活不够』。像二伯就是這窮命，窮命鬼閻王爺也看不上眼兒來的。」

到晚飯，老胡家又把有二伯他們二位請去了。又在那裏喝的酒。因爲他們幫了人家的忙，人家要酬謝他們。

十

老胡家的團圓媳婦死了不久，他家的大孫子媳婦就跟人跑了。

奶奶婆婆後來也死了。

他家的兩個兒媳婦，一個爲着那團圓媳婦瞎了一隻眼睛。因爲她天天哭，哭她那花在團圓媳婦身上的傾家蕩產的五千多吊錢。

另外的一個因爲她的兒婦跟着人家跑了，要把她羞辱死了，一天到晚的，不梳頭，不洗臉的坐在鍋台上抽着煙袋，有人從她旁邊過去，她高興的時候，她向人說：

「你家裏的孩子，大人都好哇？」

她不高興的時候，她就向着人臉，吐一口痰。

她變成一個半瘋了。

老胡家從此不大被人記得了。

十一

我家的背後有一個龍王廟，廟的東角上有一座大橋。人們管這橋叫「東大橋」。

那橋下有些寃魂枉鬼，每當陰天下雨，從那橋上經過的人，往往聽到鬼哭的聲音。

據說，那團圓媳婦的靈魂，也來到了東大橋下。說她變了一隻很大的白兔，隔三差五的就到橋下來哭。

有人問她哭什麼？

她說她要回家。

那人若說：

「明天，我送你回去……」

那白兔子一聽，拉過自己的大耳朵來，擦擦眼淚，就不見了。

若沒有人理她，她就一哭，哭到雞叫天明。

第六章

一

我家的有二伯，性情很古怪。

有東西，你若不給他吃，他就罵。若給他送上去，他就說：

「你二伯不吃這個，你們拿去吃吧！」

家裏買了落花生，凍梨之類，若不給他，除了讓他看不見，若讓他找着了一點影子，他就沒有不罵的：

「他媽的……王八蛋……兔羔子，有貓狗吃的，有蟑螂、耗子吃的，他媽的就是沒有人吃的……兔羔子，兔羔子……」

若給他送上去，他就說：

「你二伯不吃這個，你們拿去吃吧。」

二

有二伯的性情眞古怪，他很喜歡和天空的雀子說話。他很喜歡和大黃狗談天。他一和人在一起，他就一句話沒有了，就是有話也是很古怪的，使人聽了常常不得要領。

夏天晚飯後大家坐在院子裏乘涼的時候，大家都是嘴裏不停的講些個閑話，講得很熱鬧，就連蚊子也嗡嗡的，就連遠處的蛤蟆也呱呱的叫着。只是有二伯一聲不響的坐着。他手裏拿着蠅甩子，東甩一下，西甩一下。

若有人問他的蠅甩子是馬鬃的還是馬尾的？他就說：

「啥人玩啥鳥：武大郎玩鴨子：馬鬃，都是貴東西，那是穿綢穿緞的人拿着，腕上戴着籐蘿鐲，指上戴着大攀指。什麼人玩什麼物。窮人，野鬼，不要自不量力，讓人家笑話。……」

傳說天上的那顆大卯星，就是龕王爺騎着毛驢上西天的時候，他手裏打着的那個燈籠，因爲毛驢跑得太快，一不加小心燈籠就掉在天空了。我就常常把這個話題來問祖父，說那燈籠爲什麼被掉在天空，就永久長在那裏了，爲什麼不落在地上來？

這話題，我看祖父也回答不出的，但是因爲我的非問不可，祖父也就非答不可了。他說，天空裏有一個燈籠杆子，那才高呢，大卯星就挑在那燈籠杆子上。並且那燈籠杆子，人的眼睛是看不見的。

我說：

「不對，我不相信……」

我說：

「沒有燈籠杆子，若是有爲什麼我看不見？」

於是祖父又說：

「天上有一根線，大卯星就被那線繫着。」

我說：

「我不信，天上沒有線的，有爲什麼我看不見？」

祖父說：

「線是細的麼，你那能看見，就是誰也看不見的。」

我就問祖父：

「誰也看不見，你怎麼看見啦？」

乘涼的人都笑了，都說我眞厲害。

於是祖父被逼得東說西說，說也說不上來了。眼看祖父是被我逼得胡謅起來，我也知道他是說不清楚的了。不過我越看他胡謅我就越逼他。

到後來連大卯星是龍王爺的燈籠這回事，我也推翻了。我問祖父大卯星到底是個什麼？

別人看我糾纏不清了，就有出主意的讓我問有二伯去。

我跑到了有二伯坐着的地方，我還沒有問，我就剛一碰了他的蠅甩子，他就把我嚇了一跳

他把蠅甩子一抖，嗚嘮一聲：

「你這孩子，遠點去吧……」

使我不得不站得遠一點，我說：

「有二伯，你說那天上的大卯星到底是個什麼？」

他沒有立刻回答我，他似乎想了一想，才說：

「窮人不觀天象。狗咬耗子，貓看家，多管閒事。」

我又問，我以爲他沒有聽準：

「大卯星是龍王爺的燈籠嗎？」

他說：

「你二伯雖然也長了眼睛，但是一輩子沒有看見什麼。你二伯雖然也長了耳朵，但是一輩子也沒有聽見什麼。你二伯是又聾又瞎，這話可怎麼說呢？比方那亮亮堂堂的大瓦房吧，你二伯也有看見了的，可是看見了怎麼樣，是人家的，看見了也是白看。聽也是一樣，聽見了又怎樣，與你不相干……你二伯活着是個不相干……星星，月亮，刮風，下雨，那是天老爺的事情，你二伯不知道……」

有二伯眞古怪，他走路的時候，他的脚踢到了一塊磚頭，那磚頭把他的脚碰痛了。他就很小心的彎下腰去把磚頭拾起來，他細細的端相着那磚頭，看看那磚頭長得是否不瘦胖合適，是否順眼，看完了，他才和那磚頭開始講話：

「你這小子，我看你也是沒有眼睛，也是跟我一樣，也是瞎糢糊眼的。不然你爲啥往我脚上撞，若有膽子撞，就撞那個耀武揚威的，脚上穿着靴子鞋的……你撞我還不是個白撞，撞不出一大二小來，臭泥子滾石頭，越滾越臭……」

他和那磚頭把話談完了，他才順手把它抛開去，臨抛開的時候，他還最後囑咐了它一句：

「下回你往那穿鞋，穿襪的脚上去碰呵。」

他這話說完了，那磚頭也就拍搭的落到了地上。原來他沒有抛得多遠，那磚頭又落到原來的地方。

有二伯走在院子裏，天空飛着的麻雀或是燕子若落了一點糞在他的身上，他就停下脚來，站在那裏不走了。他揚着頭。他罵着那早已飛過去了的雀子，大意是：那雀子怎樣怎樣不該把糞落在他身上，應該落在那穿綢穿緞的人的身上。不外罵那雀子糊塗瞎眼之類。

可是那雀子很敏捷的落了糞之後，早已飛得無影無蹤了，於是他就罵着他頭頂上那塊藍瓦瓦的天空。

三

有二伯說話的時候，把「這個」說成「介個」。

「那個人好。」

「介個人壞。」

「介個人狼心狗肺。」

「介個物不是物。」

「家雀也往身上落糞，介個年頭是啥年頭。」

四

還有，

有二伯不吃羊肉。

五

祖父說，有二伯在三十年前他就來到了我們家裏，那時候他才三十多歲。

而今有二伯六十多歲了。

他的乳名叫有子，他已經六十多歲了，還叫着乳名。祖父叫他「有子做這個」。「有子做那個。」

我們叫他有二伯。

老廚子叫他有二爺。

他到房戶，地戶那裏去，人家叫他有二東家。

他到北街頭的燒鍋去，人家叫他有二掌櫃的。

他到油房去抬油，人家也叫他有二掌櫃的。

他到肉鋪子上去買肉，人家也叫他有二掌櫃的。

一聽人家叫他「二掌櫃的，」他就笑逐顏開。叫他有二爺叫他有二東家，叫他有二伯也都是一樣的笑逐顏開。

有二伯最忌諱人家叫他的乳名，比方街上的孩子們，那些討厭的，就常常在他的背後拋一顆石子，掘一捧灰土，嘴裏邊喊着「有二子」「大有子」「小有子」。

有二伯一遇到這機會，就沒有不立刻打了過去的，他手裏若是拿着蠅甩子，他就用蠅甩子把去打。他手裏若是拿着煙袋，他就用煙袋鍋子去打。

把他氣的像老母雞似的，把眼睛都氣紅了。

那些頑皮的孩子們一看他打了來，就立刻說，「有二爺，有二東家，有二掌櫃的，有二伯。」並且舉起手來作着揖，向他朝拜着。

有二伯一看他們這樣子，立刻就笑逐顏開，也不打他們了，就走自己的路去了。

可是他走不了多遠，那些孩子們就在後邊又吵起來了，什麼：

「有二爺，兔兒爺。」

「有二伯，打槳桿。」

「有二東家，捉大王八。」

他在前邊走，孩子們還在他背後的遠處喊。一邊喊着一邊揚着街道上的灰土，灰土高飛着一會工夫，街上鬧成個小旋風似的了。

有二伯不知道聽見了這個與否，但孩子們以爲他是聽見了的。

有二伯卻很莊嚴的，連頭也不回的一步一步的沉着的向前走去了。

「有二爺，」老廚子總是一開口「有二爺」一閉口「有二爺」的叫着。

「有二爺的蝙甩子……」

「有二爺的煙袋鍋子……」

「有二爺的煙合包……」

「有二爺的煙合包疙瘩……」

「有二爺吃飯啦……」

「有二爺，天下雨啦……」

「有二爺快看吧，院子裏的狗打仗啦……」

「有二爺，貓上牆頭啦……」

「有二爺，你的蝙甩子掉了毛啦。」

「有二爺，你的草帽頂落了家雀糞啦。」

老廚子一向是叫他「有二爺」的。唯獨他們兩個一吵起來的時候，老廚子就說：

「我看你這個『二爺』一丢了，就只剩下個『有』字了。」

「有字」和「有子」差不多，有二伯一聽正好是他的乳名。

於是他和老廚子駡了起來，他駡他一句，他駡他兩句。越駡聲音越大。有時他們兩個也就打了起來。

但是過了不久，他們兩個又照舊的好了起來。又是：

「有二爺這個。」

「有二爺那個。」

老廚子一高起興來，就說：

「有二爺，我看你的頭上去了個『有』字，不就只剩了『二爺』嗎？」

有二伯於是又笑逐顏開了。

祖父叫他「有子」，他不生氣，他說：

「向皇上說話，還稱自己是奴才呢！總也得有個大小。宰相大不大，可是他見了皇上也得跪下，在萬人之上，在一人之下。」

有二伯的膽子是很大的，他什麼也不怕。我問他怕狼不怕？

他說：

「狼有什麼怕的，在山上，你二伯小的時候上山放猪去，那山上就有狼。」

我問他敢走黑路不敢？

他說：

「走黑路怕啥的，沒有愧心事，不怕鬼叫門。」

我問他夜裏一個人，敢過那東大橋嗎？

他說：

「有啥不敢的，你二伯就是愧心事不敢做，別的都敢。」

有二伯常常說，跑毛子的時候（日俄戰時）他怎樣怎樣的膽大，全城都跑空了，我們家也跑空了。那毛子拿着大馬刀在街上跑來跑去，騎在馬身上。那眞是殺人無數。見了關着大門的就敲，敲開了，抓着人就殺，有二伯說：

「毛子在街上跑來跑去，那大馬蹄子跑得呱呱的響，我正自己煑麵條吃呢，毛子就來敲大門來了，在外邊喊着『裏邊有人沒有』？若有人快點把門打開，不打開毛子就要拿刀把門劈開的，劈開門進來，那就沒有好，非殺不可……」

我就問：

「有二伯你可怕？」

他說：

「你二伯燒着一鍋開水，正在下着麵條。那毛子在外邊敲，你二伯還在屋裏吃麵呢……」

我還是問他：

「你可怕？」

他說：

「怕什麼？」

我說：

「那毛子進來，他不拿馬刀殺你？」

他說：

「殺又怎麼樣！不就是一條命嗎？」

可是每當他和祖父算起賬來的時候，他就不這麼說了。他說：

「人是肉長的呀！人是爹娘養的呀！誰沒有五臟六腑。不怕，怎麼能不怕！也是吓得抖抖亂顫，……眼看着那是大馬刀，一刀上來，一條命就完了。」

我一問他：

「你不是說過，你不怕嗎？」

這種時候，他就罵我：

「沒心肝的，遠的去着罷！不怕，是人還有不怕的……」

不知怎麼的，他一和祖父提起跑毛子來，他就膽小了，他自已越說越怕。有的時候他還哭了起來。說那大馬刀閃光湛亮，說那毛子騎在馬上亂殺亂砍。

六

有二伯的行李，是零零碎碎的，一掀動他的被子就從被角往外流着棉花，一掀動他的褥子，那所鋪着的毡片，就一片一片的好像活動地圖似的一省一省的割據開了。

有二伯的枕頭，裏邊裝的是蕎麥殼，每當他一掄動的時候，那枕頭就在角上或是在肚上漏了餡了，花花的往外流着蕎麥殼。

有二伯是愛護他這一套行李的，沒有事的時候，他就拿起針來縫它們。縫縫枕頭，縫縫毡片，縫縫被子。

不知他的東西，怎那樣的不結實，有二伯三天兩天的就要動手縫一次。

有二伯的手是很粗的，因此他拿着一棵很大的大針，他說太小的針他拿不住的。他的針是太大了點，迎着太陽，好像一顆女人頭上的銀簪子似的。

他往針鼻裏穿線的時候，那才好看呢，他把針線舉得高高的，睜着一個眼睛，閉着一個眼睛，好像是在瞄準，好像他在半天空裏看見了一樣東西，他想要快快的拿它，又怕拿不準跑了，想要研究一會再去拿，又怕過一會就沒有了。於是他的手一着急就哆嗦起來，那才好看呢。

有二伯的行李，睡覺起來，就捲起來的。捲起來之後，用繩子綑着。好像他每天要去旅行的樣子。

有二伯沒有一定的住處，今天住在那嘵嘵響着房架子的粉房裏，明天住在養豬的那家的小豬官的坑梢上，後天也許就和那後磨房裏的馮歪嘴子一條坑睡上了。反正他是什麼地方有空他就在什麼地方睡。

他的行李他自已背着，老廚子一看他背起行李，就大嚷大叫的說：

「有二爺，又趕集去了……」

有二伯也就遠遠的回答着他：

「老王，我去趕集，你有啥捎的沒有呵？」

於是有二伯又自己走自己的路，到房戶的家裏的方便地方去投宿去了。

七

有二伯的草帽沒有邊沿，只有一個帽頂，他的臉焦焦黑，他的頭頂雪雪白。黑白分明的地方，就正是那草帽扣下去被切得溜齊的腦蓋的地方。他每一摘下帽子來，是上一半白，下一半黑。就好像後園裏的矮瓜曬着太陽的那半是綠的，背着陰的那半是白的一樣。

不過他一戴起草帽來也就看不見了。他戴帽的尺度是很準確的，一戴就把帽邊很準確的切在了黑白分明的那條線上。不高不低，就正正的在那條線上。偶爾也戴得略微高了一點，但是這種時候很少，不大被人注意。那就是草帽與腦蓋之間，好像鑲了一膛窄窄的白邊似的，有那麼一膛白線。

八

有二伯穿的是大半截子的衣袋，不是長衫，也不是短衫，而是齊到膝頭那麼長的衣裳，那衣裳是魚藍色竹布的，帶着四方大尖托領，寬衣大袖，懷前帶着大麻銅鈕子。

這衣裳本是前清的舊貨，壓在祖父的箱底裏，祖母一死了，就陸續的穿在有二伯的身上了。所以有二伯一走在街上，都不知他是那個朝代的人。

老廚子常說：

「有二爺，你寬衣大袖的，和尙看了像和尙，道人看了像道人。」

有二伯是喜歡捲着褲脚的，所以耕田種地的莊稼人看了，又以爲他是一個莊稼人，一定是插秧了剛剛回來。

九

有二伯的鞋子，不是前邊掉了底，就是後邊缺了跟。

他自己前邊掌掌，後邊釘釘，似乎釘也釘不好，掌也掌不好，過了幾天又是掉底缺跟仍然照舊。

走路的時候拖拖的，再不然就搭搭的。前邊掉了底，那鞋就張着嘴，他的脚好像舌頭似的，每一邁步，就在那大嘴裏邊活動着，後邊缺了跟，每一走動，就踢踢踏踏的脚跟打着鞋底發響。

有二伯的脚，永遠離不開地面，母親說他的脚下了千斤閘。

老廚子說有二伯的脚上了絆馬鎖。

有二伯自己則說：

「你二伯掛了絆脚絲了。」

絆脚絲是入臨死的時候掛在兩隻脚上的繩子。有二伯就這樣的說着自己。

十

有二伯雖然作弄成一個要猴不像要猴的，討飯不像討飯的，可是他一走起路來，卻是端莊，沉靜，兩個脚跟非常有力，打得地面冬冬的響，而且是慢吞吞的前進，好像一位大將軍似的。

有二伯一進了祖父的屋子，那擺在琴桌上的那口黑色的坐鐘，鐘裏邊的鐘擺，就常常格麥麥，格麥麥的響了一陣就停下來了。

原來有二伯的脚步過於沉重了點，好像大石頭似的打着地板，使地板上所有的東西，一時都起了跳動。

十一

有二伯偷東西被我撞見了。

秋末，後園裏的大榆樹也落了葉子，園裏荒涼了。沒有什麼好玩的了。

長在前院的蒿草，也都敗壞了而倒了下來，房後菜園上的各種秧棵完全掛滿了白霜，老榆樹全身的葉子已經沒有多少了，可是秋風還在搖動着它。天空是發灰的，雲彩也失了形狀，好像被洗過硯台的水盆，有深有淺，混洞洞的。這樣的雲彩，有的帶來了雨點，有時帶來了細雪。

這樣的天氣，我爲着外邊沒有好玩的，我就在藏亂東西的後房裏玩着。我爬上了裝舊東西的屋頂去。

我是登着箱子上去的，我摸到了一個小琉璃罐，那裏邊裝的完全是墨棗。

等我抱着這罐子要下來的時候，可就下不來了，方才上來的時候，我登着的那箱子，有二伯站在那裏正在開着它。

他不是用鎖匙開，他是用鐵絲在開。

我看着他開了很多時候，他用牙齒咬着他手裏的那塊小東西……他歪着頭，咬得格格拉拉的發響。咬了之後又放在手裏扭着它，而後又把它觸到箱子上去試一試。

他顯然不知道我在棚頂上看着他，他既打開了箱子，他就把沒有邊沿的草帽脫下來，把那塊咬了半天的小東西就壓在帽頂裏面。

他把箱子翻了好幾次，紅色的椅墊，藍色粗布的繡花圍裙，女人的繡花鞋子……還有一團滾亂的花色的絲線，在箱子底上還躺着一隻湛黃的銅酒壺。

有二伯用他滿都是脈絡的粗手把繡花鞋子，亂絲線，抓到一邊去，只把銅酒壺從那一堆之中抓出來了。

太師椅上的紅墊子，他把它放在地上，用腰帶綑了起來。銅酒壺放在箱子蓋上，而後把箱子鎖了。

看樣子好像他要帶着這了東西出去，不知爲什麼，他沒有帶東西，他自己出去了。

我一看他出去，我趕快的登着箱子就下來了。

我一下來，有二伯就又回來了，這一下子可把我嚇了一跳，因爲我是在偷墨棗，若讓母親曉得了，母親非打我不可。平常我偷着把雞蛋饅頭之類，拿出去和隣居家的孩子一塊去吃，有二伯一看見就沒有不告訴母親的，母親一曉得就打我。

他先提起門旁的椅墊子，而後又來拿箱子蓋上的銅酒壺。等他掀着衣襟把銅酒壺壓在肚子上邊，他才看到牆角上站着的是我。

他的肚子前壓着銅酒壺，我的肚子前抱着一罐墨棗。他偷，我也偷，所以兩邊害怕。

有二伯一看見我，立刻頭蓋上就冒着很大的汗珠。他說：

「你不說麼？」

「說什麼……」

「不說，好孩子……」他拍着我的頭頂。

「那麼，你讓我把這琉璃拿出去。」

他說，「拿罷。」

他一點沒有阻擋我。我看他不阻擋我，我還在門旁的筐子裏抓了四五個大饅頭，就跑了。

有二伯還在糧食倉子裏邊偷米，用大口袋背着，背到大橋東邊那糧米鋪去賣了。

有二伯還偷各種東西，錫火鍋，大銅錢，煙袋嘴……反正家裏邊一丢了東西，就說有二伯偷去了。有的東西是老厨子偷去的，也就懶上了有二伯。有的東西是我偷着拿出去玩了，也懶上了有二伯。還有比方一個鐮刀頭，根本沒有丢，只不過放忘了地方，等用的時候一找不到就說有二伯偷去了。

有二伯帶着我上公園的時候，他什麽也不買給我吃。公園裏邊賣什麽的都有，油炸糕，香油撳餅，豆腐腦，盌碟。他一點也不買給我吃。

我若是稍稍在那賣東西吃的旁邊一站，他就說：

「快走罷，快往前走。」

逛公園就好像趕路似的，他一步也不讓我停。

公園裏變把戲的，耍熊瞎子的都有，敲鑼打鼓、非常熱鬧。而他不讓我看。我若是稍稍的在那變把戲的前邊停了一停，他就說：

「快走罷！快往前走。」

不知爲什麽他時時在追着我。

等走到一個賣冰水的白布蓬前邊，我看見那玻璃瓶子裏邊泡着兩個焦黃的大佛手，這東西我沒有見過，我就問有二伯那是什麼？

他說：

『快走罷，快往前走。」

好像我若再多看一會工夫，人家就要來打我了似的。

等來到了跑馬戲的近前，那裏邊連喊帶唱的，實在熱鬧，我就非要進去看不可。有二伯則一定不進去，他說：

「沒有什麼好看的……。」

他說：

「你二伯不看介個……」

他又說：

「家裏邊吃飯了。」

他又說：

「你再鬧，我打你。」

到了後來，他才說：

「你二伯也是願意看，好看的有誰不願意看。你二伯沒有錢，沒有錢買票人家不讓咱進去。」

在公園裏邊，當場我就拉住了有二伯的口袋，給他施以檢查，檢查出幾個銅板來，買票這不夠的。有二伯又說：

「你二伯沒有錢……」

我一急就說：

「沒有錢你不會偷？」

有二伯聽了我那話，臉色雪白，可是一轉眼之間又變成通紅的了。他通紅的臉上，他的小眼睛故意的笑着，他的嘴唇顫抖着，好像他又要照着他的習慣，一串一串的說一大套的話。但是他沒有說。

「回家罷！」

他想了一想之後，他這樣的招呼着我。

我還看見過有二伯偷過一個大澡盆。

我家院子裏本來一天到晚是靜的，祖父常常睡覺，父親不在家裏，母親也只是在屋子裏邊忙着，外邊的事情，她不大看見。

尤其是到了夏天睡午覺的時候，全家都睡了，連老廚子也睡了。連大黃狗也睡在有蔭涼的地方了。所以前院，後園，靜悄悄的一個人也沒有，一點聲音也沒有。

就在這樣的一個白天，一個大澡盆被一個人揹着在後園裏邊走起來了。

那大澡盆是白洋鐵的，在太陽下邊閃光湛亮。大澡盆有一人多長，一邊走着還一邊光郎光郎的響着。看起來，很害怕，好像瞎話上的白色的大蛇。

那大澡盆太大了，扣在有二伯的頭上，一時看不見有二伯，只看見了大澡盆。好像那大澡盆自己走動了起來似的。

再一細看，才知道是有二伯頂着它。

有二伯走路，好像是沒有眼睛似的，東倒一倒，西斜一斜，兩邊歪着。我怕他撞到了我，我就靠住了牆根上。

那大澡盆是很深的，從有二伯頭上扣下來，一直扣到他的腰間。所以他看不見路了，他摸着往前走。

有二伯偷了這澡盆之後，就像他偷那銅酒壺之後的一樣。一被發現了之後，老廚子就天天戲弄他，用各種的話戲弄着有二伯。

有二伯偷了銅酒壺之後，每當他一拿着酒壺喝酒的時候，老廚子就問他：

「有二爺，喝酒還是銅酒壺好呀，還是錫酒壺好？」

有二伯說：

「什麼的還不是一樣，反正喝的是酒。」

老廚子說：

「不見得罷，大概還是銅的好呢……」

有二伯說：

「銅的有啥好！」

老廚子說：

「對了，有二爺。咱們就是不要銅酒壺，銅酒壺拿去賣了也不值錢。」

旁邊的人聽到這裏都笑了，可是有二伯還不自覺。

老廚子問有二伯：

「一個銅酒壺賣多少錢？」

有二伯說：

「沒賣過，不知道。」

到後來老廚子又說五十吊，又說七十吊。

有二伯說：

「那有那麼貴的價錢，好大一個銅酒壺還賣不上三十吊呢。」

於是把大家都笑壞了。

自從有二伯偷了澡盆之後，那老廚子就不提酒壺，而常常問有二伯洗澡不洗澡，問他一年洗幾次澡，問有二伯一輩子洗幾次澡。他還問人死了到陰間也洗澡的嗎？

有二伯說：

「到陰間，陰間陽間一樣，活着是個窮人，死了是條窮鬼。窮鬼閻王爺也不愛惜，不下地獄就是好的。還洗澡呢！別沾污了那洗澡水。」

老廚子於是說：

「有二爺，照你說的窮人是用不着澡盆的囉！」

有二伯有點聽出來了，就說：

「陰間沒去過，用不用不知道。」

「不知道？」

「不知道。」

「我看你是明明知道，我看你是昧着良心說瞎話……」老廚子說。

於是兩個人打起來了。

有二伯逼着問老廚子，他那兒昧過良心。有二伯說：

「一輩子沒昧過良心。走的正，行的端，一步兩脚窩……」

老廚子說：

「兩脚窩，看不透……」

有二伯正顏立色的說：

「你有什麼看不透的？」

老廚子說：

「說出來怕你羞死！」

有二伯說：

「死，死不了，你別看我窮，窮人還有個窮活頭。」

老廚子說：

「我看你也是死不了。」

有二伯說：

「死不了。」

老廚子說：

「死不了，老不死，我看你也是個老不死的。」

有的時候，他們兩個能接續着駡了一兩天，每次到後來，都是有二伯打了敗仗。老廚子駡他是個老「絕後」。

有二伯每一聽到這兩個字，就甚於一切別的字，比「見閻王」更壞。於是他哭了起來，他說：

「可不是麽！死了連個添墳上土的人也沒有。人活一輩子是個白活，到了歸終是一場空……無家無業，死了連個打靈頭幡的人也沒有。」

於是他們兩個又和和平平的，笑笑嬉嬉的照舊的過着和平的日子。

十二

後來我家在五間正房的旁邊，造了三間東廂房。

這新房子一造起來，有二伯就搬回家裏來住了。

我家是靜的，尤其是夜裏，連雞鴨都上了架，房頭的鴿子，檐前的麻雀也都各自回到自己的窩裏去睡覺了。

這時候就常常聽到廂房裏的哭聲。

有一回父親打了有二伯，父親三十多歲，有二伯快六十歲了。他站起來就被父親打倒下去，他再站起來，又被父親打倒下去，最後他起不來了，他躺在院子裏邊了，而他的鼻子也許是嘴還流了一些血。

院子裏一些看熱鬧的人都站得遠遠的，大黃狗也嚇跑了，雞也嚇跑了。老廚子該收柴收柴，該擔水擔水，假裝沒有看見。

有二伯孤冷冷的躺在院心，他的沒有邊的草帽，也被打掉了，所以看得見有二伯的頭部的上一半是白的，下一半是黑的，而且黑白分明的那條線就在他的前額上，好像西瓜的「陰陽面。」

有二伯就這樣自己躺着，躺了許多時候，才有兩個鴨子來啄食撒在有二伯身邊的那些血。

那兩個鴨子，一個是花脖，一個是綠頭頂。

有二伯要上吊，就是這個夜裏，他先是罵着，後是哭着，到後來也不哭也不罵了。又過了一會，老廚子一聲喊起，幾乎是發現了什麼怪物似的大叫：

「有二爺上吊啦！有二爺上吊啦！」

祖父穿起衣裳來，帶着我。等我們跑到廂房去一看，有二伯不在了。老廚子在房子外邊招呼着我們。我們一看南房梢上掛了繩子，是黑夜，本來看不見，是老廚子打着燈籠我們才看到的。

南房梢上有一根兩丈來高的横杆，繩子在那横杆上託託落落的垂着。

有二伯在那裏呢？等我們拿燈籠一照，才看見他在房牆的根邊，好好的坐着。他也沒有哭，他也沒有罵。

等我再拿燈籠向他臉上一照，我看他用哭紅了的小眼睛瞪了我一下。

過了不久，有二伯又跳井了。

是在同院住的挑水的來報的信，又敲窗戶又打門。我們跑到井邊上一看，有二伯並沒有在井裏邊，而是坐在井外邊，而是離開井口五十步之外的安安穩穩的柴堆上。他在那柴堆上安安穩穩的坐着。

我們打着燈籠一照，他還在那裏拿着小煙袋抽煙呢。

老廚子，挑水的，粉房裏的漏粉的都來了，驚動了不少的鄰居。

他開初是一動不動。後來他看人們來全了，他站起來就往井邊上跑，於是許多人就把他抓住了，那許多人，那裏會眼看着他去跳井的。

有二伯去跳井，他的煙合包，小煙袋都帶着，人們推勸着他回家的時候，那柴堆上還有一枝小洋蠟，他說：

「把那洋蠟給我帶着。」

後來有二伯「跳井」「上吊」這些事，都成了笑話，街上的孩子都給編成了一套歌在唱着：

「有二爺跳井，沒那麼回事。」「有二伯上吊，白吓唬人。」

老廚子說他貪生怕死，別人也都說他死不了。

以後有二伯再「跳井」「上吊」也都沒有人看他了。

有二伯還是活着。

十三

我家的院子是荒涼的，冬天一片白雪，夏天則滿院蒿草。風來了，蒿草發着聲響，雨來了，蒿草梢上冒煙了。

沒有風，沒有雨，則關着大門靜靜的過着日子。

狗有狗窩，雞有雞架，鳥有鳥籠，一切各得其所。唯獨有二伯夜夜不好好的睡覺。在那廂房裏邊，他自己半夜三更的就講起話來。

「說我怕『死』，我也不是吹，叫過三個兩個來看！問問他們見過『死』沒有！那俄國毛子的大馬刀閃光湛亮，說殺就殺，說砍就砍。那些膽大的，不怕死的，一聽說俄國毛子來了，只顧逃命連家業也不要了。那時候，若不是這膽小的給他守着，怕是跑毛子回來連條褲子都沒有穿的。到了如今，吃得飽，穿得暖，前因後果連想也不想，早就忘到九霄雲外去了。良心長到肋條上，黑心蒶，鐵面人，……」

「……說我怕死，我也不是吹，兵馬刀槍我見過，霹雷，黃風我見過。就說那俄國毛子的大馬刀罷，見人就砍，可是我也沒有怕過，說我怕死……介年頭是啥年頭，……」

那東廂房裏，有二伯一套套的講着，又是河溝漲水了，水漲得多麼大，別人沒有敢過的，有二伯說他敢過。又是什麼時候有一次着大火，別人都逃了，有二伯上去搶了不少的東西。又是他的小時候，上山去打柴，遇見了狼，那狼是多麽兇狠，他說：

「狼心狗肺，介個年頭的人狼心狗肺的，吃香的喝辣的。好人在介個年頭，是個王八蛋，兔羔子……」

「兔羔子，兔羔子……」

有二伯夜裏不睡，有的時候就來在院子裏沒頭沒尾的「兔羔子兔羔子」自己說着話。

半夜三更的，雞鴨貓狗都睡了。唯獨有二伯不睡。

祖父的窗子上了帘子，看不見天上的星星月亮，看不見大卯星落了沒有，看不見三星是否打了橫樑。只見白薩薩的窗帘子被星光月光照得發白通亮。

等我睡醒了，我聽見有二伯「兔羔子兔羔子」的自己在說話，我要起來掀起窗帘來往院子裏看一看他。祖父不讓我起來，祖父說：

「好好睡罷，明天早晨早早起來，咱們燒包米吃。」

祖父怕我起來，就用好話安慰着我。

等再睡覺了，就在夢中聽到了呼蘭河的南岸，或是呼蘭河城外遠處的狗咬。

於是我做了一個夢，夢見了一個大白兔，那兔子的耳朵，和那磨房裏的小驢的耳朵一般大。

我聽見有二伯說「兔羔子」，我想到一個大白兔，我聽到了磨房的梆子聲，我想到了磨房裏的小毛驢，於是夢見了白兔長了毛驢那麼大的耳朵。

我抱着那大白兔，我越看越喜歡，我一笑笑醒了。

醒來一聽，有二伯仍舊「兔羔子兔羔子」的坐在院子裏。後邊那磨房裏的梆子也還打得很響。

我夢見的這大白兔，我問祖父是不是就是有二伯所說的「兔羔子？」

祖父說：

「快睡覺罷，半夜三更不好講話的。」

說完了，祖父也笑了，他又說：

「快睡罷，夜裏不好多講話的。」

我和祖父還都沒有睡着，我們聽到那遠處的咬狗，慢慢的由遠而近，近處的狗也有的叫了起來。大牆之外，已經稀疏疏的有車馬經過了。原來天已經快亮了。可是有二伯還在罵「兔羔子」，後邊磨房裏的磨官還在打着梆子。

十四

第二天早晨一起來，我就跑去問有二伯，「兔羔子」是不是就是大白兔？

有二伯一聽就生氣了：

「你們家裏沒好東西，盡是些耗子，從上到下，都是良心長在肋條上，大人是大耗子，小孩是小耗子……」

我不知道他說的是什麼，我聽了一會，沒有聽懂。

第七章

一

磨房裏邊住着馮歪嘴子。

馮歪嘴子打着梆子半夜半夜的打，一夜一夜的打。冬天還稍微好一點，夏天就更打得厲害。

那磨房的窗子臨着我家的後園。我家的後園四周的牆根上都種着矮瓜西葫蘆或是黃瓜等類會爬蔓子的植物，矮瓜爬上牆頭了，在牆頭上開起花來了，有的竟越過了高牆爬到街上去，向着大街開了一朵火黃的黃花。

因此那廚房的窗子上也就爬滿了那頂會爬蔓子的黃瓜了。黃瓜的小細蔓，細得像銀絲似的，太陽一來了的時候，那小細蔓閃眼湛亮，那蔓梢乾淨得好像用黃蠟抽成的絲子，一棵黃瓜秧上伸出來無數的這樣的絲子。絲蔓的尖頂每棵都是掉轉頭來向回捲曲着，好像是說它們雖然勇敢，大樹，野草，牆頭，窗櫺，到處的亂爬，但到底它們也懷着恐懼的心理。

太陽一出來了，那些在夜裏冷清清的絲蔓，一變而爲溫暖了。於是它們向前發展的速率更快了，好像眼看着那絲蔓就長了，就向前跑去了。因爲種在磨房窗根下的黃瓜秧，一天爬上了窗台，兩天爬上了窗櫺，等到第三天就在窗櫺上開花了。

再過幾天，一不留心，那黃瓜梗經過了磨房的窗子，爬上房頂去了。

後來那黃瓜秧就像它們彼此招呼着似的，成羣結隊的就都一齊把那磨房的窗給瞞住了。

從此那磨房裏邊的磨官就見不着天日了。廚房就有一張窗子，而今被黃瓜掩遮得風雨不透。從此那磨房裏黑沉沉的，園裏，園外，分成兩個世界了。馮歪嘴子就被分到花園以外去了。

但是從外邊看起來，那窗子實在好看，開花的開花，結果的結果。滿窗是黃瓜了。

還有一棵矮瓜秧，也順着磨房的窗子爬到房頂去了，就在房檐上結了一個大矮瓜。那矮瓜不像是從秧子上長出來的，好像是由人搬着坐在那屋瓦上曬太陽似的。實在好看。

夏天，我在後園裏玩的時候，馮歪嘴子就喊我，他向我要黃瓜。

我就摘了黃瓜，從窗子遞進去。那窗子被黃瓜秧封閉得嚴密得很，馮歪嘴子用手扒開那滿窗的葉子，從一條小縫中伸出手來把黃瓜拿進去。

有時候，他停止了打他的梆子，他問我，黃瓜長了多大了？西紅柿紅了沒有？他與這後園只隔了一張窗子，就像關着多遠似的。

祖父在園子裏的時候，他和祖父談話。他說拉着磨的小驢，驢蹄子壞了，一走一瘸。祖父說請個獸醫給他看看。馮歪嘴子說，看過了，也不見好。祖父問那驢吃的什麼藥？馮歪嘴子說是吃的黃瓜子拌高粱醋。

馮歪嘴子在窗裏，祖父在窗外，祖父看不見馮歪嘴子，馮歪嘴子看不見祖父。

有的時候，祖父走遠了，回屋去了，只剩下我一個人在磨房的牆根下邊坐着玩，我聽到了馮歪嘴子還說：

「老太爺今年沒下鄉去看看哪！」

有的時候，我聽了這話，我故意的不出聲，聽聽他往下還說什麼。

有的時候，我心裏覺得可笑，忍也不能忍住，我就跳了起來了，用手敲打着窗子，笑得我把窗上掛着的黃瓜都敲打掉了。而後我一溜煙的跑進屋去，把這情形告訴了祖父。祖父也一樣和我似的，笑得不能停了，眼睛笑出眼淚來。但是總是說，不要笑啦，不要笑啦，看他聽見。有的時祖父竟把後門關起來再笑。祖父怕馮歪嘴子聽見了不好意思。

但是老廚子就不然了。有的時候，他和馮歪嘴子談天，故意談到一半他就溜掉了。因爲馮歪嘴子隔着爬滿了黃瓜秧的窗子，看不見他走了，就自己獨自說了一大篇話，而後讓他故意得不到反響。

老廚子提着筐子到後園去摘茄子，一邊摘着一邊就跟馮歪嘴子談話，正談到半路，老廚子躡手躡足的，提着筐子就溜了，回到屋裏去燒飯去了。

這時馮歪嘴子還在磨房裏大聲的說：

「西公園來了跑馬戲的，我還沒得空去看，你去看過了嗎？老王。」

其實後花園裏一個人也沒有了，蜻蜓，蝴蝶隨意的飛着，馮歪嘴子的話聲，空空的落到花園裏來，又空空的消失了。

煙消火滅了。

等他發現了老王早已不在花園裏。他這才又打起梆子來，看着小驢拉磨。

有二伯一和馮歪嘴子談話，可從來沒有偷着溜掉過，他悶下雨天，磨房的房頂漏得厲害不厲害？磨房裏的耗子多不多？

馮歪嘴子同時也問着有二伯，今年後園裏雨水大嗎？茄子，雲豆都快罷園了罷？

他們兩個彼此說完了話，有二伯讓馮歪嘴子到後園裏來走走，馮歪嘴子讓有二伯到磨房去坐坐。

「有空到園子裏來走走。」

「有空到磨房裏來坐坐。」

有二伯於是也就告別走出園子來。馮歪嘴子也就照舊打他的梆子。

秋天，大楡樹的葉子黃了，牆頭上的狗尾草乾倒了，園裏一天一天的荒涼起來了。

這時候馮歪嘴子的窗子也露出來了。因爲那些糾糾纏纏的黃瓜秧也都蔫敗了捨棄了窗欞而脫落下來了。

於是站在後園裏就可看到馮歪嘴子，抓着窗子就可以看到在拉磨的小驢。那小驢豎着耳朵，戴着眼罩。走了三五步就響一次鼻子，每一抬脚那隻後腿就有點瘸，每一停下來，小驢就用三條腿站着。

馮歪嘴子說小驢的一條腿壞了。

這窗子上的黃瓜秧一乾掉了，磨房裏的馮歪嘴子就天天可以看到的。馮歪嘴子喝酒了，馮歪嘴子睡覺了，馮歪嘴子打梆子了。馮歪嘴子拉胡琴了，馮歪嘴子唱唱本了，馮歪嘴子搖風車了。只要一扒着那窗台，就什麼都可以看見的。

一到了秋天，新鮮黏米一下來的時候，馮歪嘴子就三天一拉磨，兩天一拉黏糕。黃米黏糕，撒上大雲豆。一層黃，一層紅，黃的金黃，紅的通紅。三個銅板一條，兩個銅板一片的用刀切着賣。願意加紅糖的有紅糖，願意加白糖的有白糖。加了糖不另要錢。

馮歪嘴子推着單輪車在街上一走，小孩子們就在後邊跟了一大幫，有的花錢買，有的圍着看。

祖父最喜歡吃這黏糕，母親也喜歡，而我更喜歡。母親有時讓老廚子去買，有的時候讓我去買。

不過買了來是有數的，一人只能吃手掌那麼大的一片，不準多吃，吃多了怕不能消化。

祖父一邊吃着，一邊說够了够了。意思是怕我多吃。母親吃完了也說够了，意思也是怕我還要去買。其實我眞的覺得不够，覺得再吃兩塊也還不多呢！不過經別人這樣一說，我也就沒有什麼辦法了。也就不好意思喊着再去買。但是實在話是沒有吃够的。

當我在大門外玩的時候，推着單輪車的馮歪嘴子總是在那塊大黏糕上切下一片來送給我吃。於是我就接受了。

當我在院子裏玩的時候，馮歪嘴子一喊着「黏糕」「黏糕」的從大牆外經過，我就爬上牆頭去了。

因爲西南角上的那段土牆，因爲年久了出了一個豁，我就扒着那牆豁往外看着。果然馮歪嘴子推着黏糕的單輪車由遠而近了。來到我的旁邊，就問着：

「要吃一片嗎？」

而我也不說吃，也不說不吃。但我也不從牆頭上下來，還是若無其在的呆在那裏。

馮歪嘴子把車子一停，於是切好一片黏糕送上來了。

一到了冬天，馮歪嘴子差不多天天出去賣一鍋黏糕的。

這黏糕在做的時候，需要很大的一口鍋，裏邊燒着開水，鍋口上坐着竹簾子。把碾碎了的黃米粉就撒在這竹簾子上，撒一層粉，撒一層豆。馮歪嘴子就在磨房裏撒的，弄得滿屋熱氣蒸蒸。進去買黏糕的時候，剛一開門，只聽屋裏火柴燒得批巴的響，竟看不見人了。

我去買黏糕的時候，我總是去得早一點，我在那邊等着，等着剛一出鍋，好買熱的。

那屋裏的蒸氣實在大，是看不見人的。每次我一開門，我就說：

「我來了。」

馮歪嘴子一聽我的聲音就說：

「這邊來，這邊來。」

二

有一次母親讓我去買黏糕，我略微的去得晚了一點，黏糕已經出鍋了。我慌慌忙忙的買了就回來了。回到家裏一看，不對了。母親讓我買的是加白糖的，而我買回來的是加紅糖的。當時我沒有留心，回到家裏一看，才知道錯了。

錯了，我又跑回去換。馮歪嘴子又另外切了幾片，撒上白糖。接過黏糕來，我正想拿着走的時候，一回頭，看見了馮歪嘴子的那張小炕上掛着一張布簾。

我想這是做什麽，我跑過去看一看。

我伸手就掀開布簾了，往裏邊一看，呀！裏邊還有一個小孩呢！

我轉身就往家跑，跑到家裏就跟祖父講，說那馮歪嘴子的炕上不知誰家的女人睡在那裏，女人的被窩裏邊還有一個小孩，那小孩還露着小頭頂呢，那小孩頭還是通紅的呢！

祖父聽了一會覺得納悶，就說讓我快吃黏糕罷，一會冷了，不好吃了。

可是我那裏吃得下去。覺得這事情眞好玩，那磨房裏邊，不單有一個小驢，還有一個小孩呢。

這一天早晨鬧得黏糕我也沒有吃，又戴起皮帽子來，跑去看了一次。

這一次，馮歪嘴子不在屋裏，不知他到那裏去了，黏糕大概也沒有去賣，推黏糕的車子還在磨盤的旁邊拐着。

我一開門進去，風就把那些蓋上白布帘吹開了，那女人仍舊躺着不動，那小孩也一聲不哭，我往屋子的四邊觀查一下，屋子的邊處沒有什麼變動，只是磨盤上放着一個黃銅盆，銅盆裏泡着一點破布，盆裏的水已經結冰了，其餘的沒有什麼變動。

小驢一到冬天就住在磨房的屋裏，那小驢還是照舊的站在那裏，並且還是安安敎敎的和每天一樣的抹搭着眼睛。其餘的磨房裏的風車子，羅櫃，磨盤，都是照舊的在那裏呆着，就是牆根下的那些耗子也出來和往日一樣的亂跑，耗子一邊跑着還一邊吱吱喳喳的叫着。

我看了一會，看不出所以然來，覺得十分無趣。正想轉身出來的時候，被我發現了一個瓦盆，就在炕沿上已經像小冰山似的凍得鼓鼓的了。於是我想起這屋的冷來了，立刻覺得要打寒顫，冷得不能站脚了。我一細看那扇通到後園去的窗子也通着大洞，瓦房的房蓋也透着青天。

我開門就跑了，一跑到家裏，家裏的火爐正燒得通紅，一進門就熱氣撲臉。

我正想要問祖父，那磨房裏是誰家的小孩。這時馮歪嘴子從外邊來了。戴着他的四耳帽子，他未曾說話先笑的樣子，一看就是馮歪嘴子。

他進了屋來，他坐在祖父旁邊的太師椅上，那太師椅䙝着紅毛嗶嘰的厚䙝子。

馮歪嘴子坐在那裏，似乎有話說不出來。右手不住的摸擦着椅䙝子，左手不住的拉着他的左耳朵。他未曾說話先笑的樣子，笑了好幾陣也沒說出話來。

我們家裏的火爐太熱，把他的臉烤得通紅的了。他說：

「老太爺，我攤了點事。……」

祖父就問他攤了什麼事呢？

馮歪嘴子坐在太師椅上扭扭曲曲的，摘下他那狗皮帽子來，手裏玩弄着那皮帽子。未曾說話他先笑了，笑了好一陣工夫，他才說出一句話來：

「我成了家啦。」

說着馮歪嘴子的眼睛就流出眼淚來，他說：

「請老太爺幫幫忙，現下她們就在磨房裏呢！她們沒有地方住。」

我聽到了這裏，就趕快搶住了向祖父說，我說：

「爺爺，那磨房裏冷呵！炕沿上的瓦盆都凍裂了。」

祖父往一邊推着我，似乎他在思索的樣子。我又說：

「那炕上還睡着一個小孩呢！」

祖父答應了讓他搬到磨房南頭那個裝草的房子裏去暫住。

馮歪嘴子一聽，連忙就站起來了，說：

「道謝，道謝。」

一邊說着，他的眼睛又一邊來了眼淚，而後戴起狗皮帽子來，眼淚汪汪的就走了。

馮歪嘴子剛一走出屋去，祖父回頭就跟我說：

「你這孩子當人面不好多說話的。」

我那時也不過六七歲，不懂這是甚麼意思，我問着祖父：

「爲什麼不準說，爲什麼不準說？」

祖父說：

「你沒看馮歪嘴子的眼淚都要掉下來了嗎：馮歪嘴子難爲情了。」

我想可有什麼難爲情的，我不明白。

三

晌午，馮歪嘴子那磨房裏就吵起來了。

馮歪嘴子一聲不響的站在磨盤的旁邊，他的掌櫃的拿着煙袋在他的眼前罵着，掌櫃的太太一邊罵着一邊拍着風車子，她說：

「破了風水了，我這碾磨房豈是你那不乾不淨的野老婆住的地方！」

「青龍白虎也是女人可以衝的嗎！」

「馮歪嘴子，從此我不發財，我就跟你算賬，你是什麼東西，你還算個人嗎？你沒有臉，你若有臉你還能把個野老婆弄到大面上來。弄到人的眼皮下邊來……你趕快給我滾蛋……」

馮歪嘴子說：

「我就要叫她們搬的，就搬……」

掌櫃的太太說：

「叫他們搬，她們是什麽東西，我不知道。我是叫你滾蛋的，你可把人糟踏苦了……」

說着她往炕上一看：

「唉呀！麵口袋也是你那野老婆蓋得的！趕快給我拿下來，我說馮歪嘴子，你可把我糟踏苦了。你可把我糟踏苦了。」

那個剛生下來的小孩是蓋着盛麵口袋在睡覺的，一齊蓋着四五張，厚敦敦的壓着小臉。

掌櫃的太太在旁邊喊着：

「給我拿下來，快給我拿下來！」

馮歪嘴子過去把麵口袋拿下來了，立刻就露出孩子通紅的小手來，而且那小手還伸伸縮縮的搖動着，搖動了幾下就哭起來了。

那孩子一哭從孩子的嘴裏冒着雪白的白氣。

那掌櫃的太太把麵口袋接到手裏說：

「可凍死我了，你趕快搬罷，我可沒工夫跟你吵了……」

說着開了門縮着肩膀就跑回上屋去了。

王四掌櫃的，就是馮歪嘴子的東家，他請祖父到上屋去喝茶。

我們坐在上屋的炕上，一邊烤着炭火盆，一邊聽到磨房裏的那小孩的哭聲。

祖父問我的手烤暖了沒有？我說還沒烤暖，祖父說：

「烤暖了，回家罷。」

從王四掌櫃的家裏出來，我還說要到磨房裏去看看。祖父說，沒有什麼的，要看回家暖過來再看。

磨房裏沒有寒暑表，我家裏是有的。我問祖父：

「爺爺你說磨房的溫度在多少度上？」

祖父說在零度以下。

我問：

「在零度以下多少？」

祖父說：

「沒有寒暑表，那兒知道呵！」

我說：

「到底在零度以下多少？」

祖父看一看天色就說：

「在零下七八度。」

我高興起來了，我說：

「噯呀，好冷呵！那不和室外寒度一樣了嗎？」

我抬脚就往家裏跑，井台，井台旁邊的水槽子，井台旁邊的大石頭碾子，房戶老周家的大玻璃窗子，我家的大高煙筒，在我一溜煙的跑起來的時候，我看它們都移移動動的了，它們都像往後退着。我越跑越快，好像不是我在跑，而像房子和大煙筒在跑似的。

我自己煊惑得我跑得和風一般快。

我想那磨房的溫度在零度以下，豈不是等於露天地了嗎？這眞笑話，房子和露天地一樣。我越想越可笑，也就越高興。

於是連喊帶叫的也就跑到家了。

四

下半天馮歪嘴子就把小孩搬到磨房南頭那草棚子裏去了。

那小孩哭的聲音很大，好像他並不是剛一出生，好像他已經長大了的樣子。

那草房裏吵得不得了，我又想去看看。

這回那女人坐起來了，身上披着被子，很長的大辮子垂在背後，面朝裏，坐在一堆草上不知在幹什麼，她一聽門響，她一回頭。我看出來了，她就是我們同院住着的老王家的大姑娘，我們都叫她王大姐的。

這可奇怪，怎麼就是她呢？她一回頭幾乎是把我吓了一跳。

我轉身就想往家裏跑。跑到家裏好趕快的告訴祖父，這到底是怎麼回事。

她看是我，她就先向我一笑，她長的是很大的臉孔，很尖的鼻子，每笑的時候，她的鼻樑上就縐了一堆的摺。今天她的笑法還是和從前的一樣，鼻樑處堆滿了縐摺。

平常我們後園裏的菜吃不了的時候，她就提着筐到我們後園來摘些茄子，黃瓜之類回家去。

她是很能說能笑的人，她是很響亮的人，她和別人相見之下，她問別人。

「你吃飯了嗎？」

那聲音才大呢，好像房頂上落了鵲雀似的。

她的父親是趕車的，她牽着馬到井上去飲水，她打起水來，比她父親打的更快，三繞兩繞就是一桶。別人看了都說：

「這姑娘將來興家立業好手！」

她在我家後園裏摘菜，摘完臨走的時候常常就折一朵馬蛇菜花戴在頭上。

她那辮子梳得才光呢，紅辮根，綠辮梢，乾乾淨淨，又加上一朵馬蛇菜花戴在鬢角上，非常好看。她提着筐子前邊走了，後邊的人就都指指劃劃的說她的好處。

老廚子說她大頭子大眼睛長得怪好的。

有二伯說她膀大腰圓的帶點福相。

母親說她：

「我沒有這麼大的兒子，有兒子我娶她，這姑娘眞響亮。」

同院住的老周家三奶奶則說：

「喲喲，這姑娘眞是一棵大葵花，又高又大，你今年十幾啦？」

周三奶奶一看到王大姐就問她十幾歲？已經問了不知幾遍了，好像一看見就必得這麼問，若不問就好像沒有話說似的。

每逢一問，王大姐也總是說：

「二十了。」

「二十了，可得給說一個媒了。」再不然就是：「看誰家有這麼大的福氣，看罷，將來看罷。」

隔院的楊家的老太太，扒着牆頭一看見王大姐就說：

「這姑娘的臉紅得像一盆火似的。」

現在王大姐一笑還是一綹鼻子，不過她的臉有一點淸瘦，顏色發白了許多。

她懷裏抱着小孩。我看一看她，她也不好意思了，我也不好意思了。我的不好意思是因爲好久不見的緣故，我想她也許是和我一樣罷。我想要走，又不好意思立刻就走開。想要多呆一會又沒有什麼話好說的。

我就站在那裏靜靜的站了一會，我看她用草把小孩蓋了起來，把小孩放到炕上去。其實也看不見什麽是炕，烏七八糟的都是草，地上是草，炕上也是草，草綑子堆得房樑上去了。那小炕本來不大，又都叫草綑子給佔滿了。那小孩也就在草中偎了個草窩，鋪着草蓋着草的就睡着了。

我越看越覺得好玩，好像小孩睡在鵲雀窩裏了似的。

到了晚上，我又把全套我所見的告訴了祖父。

祖父什麽也不說。但我看出來祖父曉得的比我曉得的多的樣子。我說：

「那小孩還蓋着草呢！」

祖父說：

「嗯！」

我說：

「那不是王大姐嗎？」

祖父說：

「嗯。」

祖父是什麽也不問，什麽也不聽的樣子。

等到了晚上在煤油燈的下邊，我家全體的人都聚集了的時候，那才熱鬧呢！連說帶講的。這個說，王大姑娘這麽的。那個說王大姑娘那麽着……說來說去，說得不成樣子了。說王大姑娘這樣壞，那樣壞，一看就知道不是好東西。說她說話的聲音那麽大，一定不是好東西。那有姑娘家家的，大說大講的。

有二伯說：

「好好的一個姑娘，看上了一個磨房的磨官，介個年頭是啥年頭！」

老廚子說：

「男子要長個粗壯，女子要長個秀氣。沒見過一個姑娘長得和一個抗大個的（抗工）似的。」

有二伯也就接着說：

「對呀！老爺像老爺，娘娘像娘娘，你沒四月十八去逛過廟嗎，那老爺廟上的老爺，威風八面，娘娘廟上的娘娘溫柔典雅。」

老廚子又說：

「那有的勾當，姑娘家家的，打起水來，比個男子大丈夫還有力氣。沒見過，姑娘家家的那麽大的力氣。」

有二伯說：

「那算完，長的是一身窮骨頭窮肉，那穿綢穿緞的她不去看，她看上了個灰禿禿的磨官。眞是武大郎玩鴨子，啥人玩啥鳥。」

第二天左鄰右居的都曉得了王大姑娘生了小孩了。

周三奶奶跑到我家來探聽了一番，母親說就在那草棚子裏，讓她去看。她說：

「喲喲！我可沒那麽大的工夫去看的，什麽好勾當。」

西院的楊老太太聽了風也來了。穿了一身漿得閃光發亮的藍大布衫，頭上扣着銀扁方，手上戴着白銅的戒指。

一進屋母親就告訴她馮歪嘴子得了兒子了。楊老太太連忙就說：

「我可不是來探聽他們那些貓三狗四的，我是來問問那廣和銀號的利息到底是大加一呢，還是八成？因爲昨天西荒上的二小子打信來說他老丈人要給一個親戚拾幾萬吊錢。」

說完了，她莊莊嚴嚴的坐在那裏。

我家的屋子太熱，楊老太太一進屋來就把臉熱的通紅。母親連忙打開了北邊的那通氣窗，通氣窗一開，那草蓬子裏的小孩的哭聲就聽見了，那哭聲特別吵鬧。

「聽聽啦」，母親說，「這就是馮歪嘴子的兒子。」

「怎麼的拉？那王大姑娘我看就不是個好東西，我就說，那姑娘將來好不了。」楊老太太說，「前些日子那姑娘忽然不見了，我就問她媽，『你們大姑娘那兒去啦？』她媽說，『上她老家去了。』一去去了這麼久沒回來，我就有點覺景。」

母親說：

「王大姑娘夏天的時候常常哭，把眼圈都哭紅了，她媽說她脾氣大，跟她媽吵架氣的。」

楊老太太把肩膀一抱說：

「氣的，好大的氣性，到今天都丢了人啦，怎麼沒氣死呢。那姑娘不是好東西，你看她那倆眼睛，多麼大！我早就說過，這姑娘好不了。」

而後在母親的耳朵上曲曲喳喳了一陣，又說又笑的走了。

把她那原來到我家裏來的原意，大概也忘了。他來是爲了廣和銀號利息的問題，可是一直到走也沒有再提起那廣和銀號來。

楊老太太，周三奶奶，還有同院住的那些粉房裏的人，沒有一個不說王大姑娘壞的。

說王大姑娘的眼睛長得不好，說王大姑娘的力氣太大，說王大姑娘的辮子長得也太大。

五

（這事情一發，全院子的人給王大姑娘做論的做論，做傳的做傳，還有給她做日記的。

（做傳的說，她從小就在外祖母家裏養着，一天盡和男孩子在一塊，沒男沒女。有一天她竟拿着燒火的叉子把她的表弟給打傷了。又是一天刮大風，她把外祖母的二十多個鴨蛋一次給偷着吃光了。又是一天她在河溝子裏邊採菱角，她自己採的少，她就把別人的菱角倒在她的筐裏了，就說是她採的。說她强橫得不得了，沒有人敢去和她分辯，一分辯，她開口就罵，舉手就打。

（那給她做傳的人，說着就好像她看見過似的，她說臘月二十三，過小年的那天，王大姑娘因爲外祖母少給了她一塊肉吃，她就跟外祖母打了一仗，就跑回家裏來了。

「你看看吧，她的嘴該多饞。」

（於是四邊聽着的人，沒有不笑的。

（那給王大姑娘做傳的人，材料的確搜集得不少。

（自從團圓媳婦死了，院子裏似乎寂寞了很長的一個時期，現在雖然不能說十分熱鬧，但大家都總要盡力的鼓吹一番。雖然不跳神打鼓，但也總應該給大家多少開一開心。

於是吹風的，把眼的，跑線的，絕對的不辭辛苦，在飄着白白的大雪的夜裏，也就戴着皮帽子，穿着大氈靴，站在馮歪嘴子的窗戶外邊，在那裏守候着，爲的是偷聽一點什麼消息。若能聽到一點點，那怕針孔那麼大一點，也總沒有白挨凍，好做爲第二天宣傳的材料。

所以馮歪嘴子那門下在開初的幾天，竟站着不少的探訪員。

這些探訪員往往沒有受過教育，他們最喜歡造謠生事。

比方我家的老廚子出去探訪了一陣，回家報告說：

「那草棚子才冷呢！五風樓似的，那小孩一聲不響了，大概是凍死了，快去看熱鬧吧？」

老廚子舉手舞脚的，他高興得不得了。

不一會他又戴上了狗皮帽子，他又去探訪了一陣，這一回他報告說：

「他媽的，沒有死，那小孩還沒凍死呢！還在娘懷裏吃奶呢。」

這新聞發生的地點，離我家也不過五十步遠，可是一經探訪員們這一探訪，事情本來的面目可就大大的兩樣了。

有的看了馮歪嘴子的炕上有一段繩頭，於是就傳說着馮歪嘴子要上吊。

（這「上吊」的刺激，給人們的力量眞是不小。女的戴上風帽，男的穿上毯靴，要來這裏參觀的，或是準備着來參觀的人不知多少。

（西院老楊家就有三十多口人，小孩不算在內，若算在內也有四十口了。就單說這三十多人若都來看上吊的馮歪嘴子，豈不把我家的那小草棚擠翻了嗎！就說他家那些人中有的老的病的，不能夠來，就說最底限度來上十個人吧。那麼西院老楊家來十個，同院的老周家來三個——周三奶奶，周四嬸子，周老嬸子——外加周四嬸子懷抱着一個孩子，周老嬸子手裏牽着個孩子——她們是有這樣的習慣的——那麼一共周家老少三輩總算五口了。

（還有磨房裏的漏粉匠，燒火的，跑街送貨的等等，一時也數不清是幾多人，總之這全院好看熱鬧的人也不下二三十。還有前後街上的，一聽了消息也少不了來了不少的。

（「上吊，」爲啥一個好好人，活着不願意活，而願意「上吊」呢？大家快去看看吧，其中必是趣味無窮，大家快去看看吧。

（再說開開眼也是好的，反正也不是去看跑馬戲的，又要花錢，又要買票。

（所以呼蘭河城裏是凡一有跳井投河的，或是上吊的，那看熱鬧的人就特別多，我不知道中國別的地方是否這樣，但在我的家鄉確是這樣的。

（投了河的女人，被打撈上來了，也不趕快的埋，也不趕快的葬。擺在那裏一兩天，讓大家圍着觀看。

（跳了井的女人，從井裏撈出來，也不趕快的埋，也不趕快的葬，好像國貨展覽會似的，熱鬧得車水馬龍了。

（其實那沒有什麼好看的，假若馮歪嘴子上了弔，那豈不是看了很害怕嗎！

（有一些胆小的女人，看了投河的，跳井的，三天五夜的不能睡覺，但是下次，一有這樣的寃魂，她仍舊是去看的，看了回來就覺得那惡劣的印象就是眼前，於是又是睡覺不安，吃飯也不香，但是不去看，是不行的，第三次仍舊去看，那怕去看了之後，心裏覺得恐佈，而後再買一匹黃錢紙，一扎線香到十字路口上去燒了，向着那東西南北的大道磕上三個頭，同時嘴裏說：

「邪魔野鬼可不要上我的身哪，我這裏香紙的也都打發過你們了。」

（有的誰家的姑娘，爲了去看上弔的，回來嚇死了。聽說不但看上弔的，就是看跳井的，也有被嚇死的。嚇出一場病來，千醫百治的治不好，後來死了。

（但是人們還是願意看，男人也許特別膽子大，不害怕。女人却都是膽小的多，都是振着膽子看。

（還有小孩，女人也把他們帶來看，他們還沒有長成為一個人，母親就早把他們帶來了，也許在這熱鬧的世界裏，還是提早的演習着一點的好，免得將來對於跳井上弔太外行了。

（有的探訪員曉得了馮歪嘴子從街上買來了一把家常用的切菜的刀，於是就大放馮歪嘴子要自刎的空氣。）

六

馮歪嘴子，沒有上弔，沒有自刎，還是好好的活着。過了一年，他的孩子長大了。

過年我家殺猪的時候，馮歪嘴子還到我家裏來幫忙的，幫着刮猪毛，到了晚上他吃了飯，喝了酒之後，臨回去的時候，祖父說，讓他帶了幾個大饅頭去。他把饅頭挾在腰裏就走了。

人們都取笑着馮歪嘴子，說：

「馮歪嘴子有了大少爺了。」

馮歪嘴子平常給我家做一點小事，磨半斗豆子做小豆腐，或是推二斗上好的紅黏穀，做黏糕吃，祖父都是招呼他到我家裏來吃飯的。就在飯桌上，當着衆人，老廚子就說：

「馮歪嘴子少吃兩個饅頭吧，留着饅頭帶給大少爺去吧……」

馮歪嘴子聽了也並不難爲情，也不覺的這是嘲笑他的話，他很莊嚴的說：

「他在家裏有吃的，他在家裏有吃的。」

等吃完了祖父說：

「還是帶上幾個吧！」

馮歪嘴子拿起幾個饅頭來，往那兒放呢？放在腰裏，饅頭太熱。放在袖筒裏怕掉了。

於是老廚子說：

「你放在帽兒子裏啊！」

於是馮歪嘴子用帽兒着饅頭回家去了。

東鄰西舍誰家若是辦了紅白喜事，馮歪嘴子若也在席上的話，肉丸子一上來，別人就說：

「馮歪嘴子，這肉丸子你不能吃，你家裏有大少爺的是不是？」

於是人們說着，就把馮歪嘴子應得的那一份的兩個肉丸子，用筷子夾出來，放在馮歪嘴子旁邊的小碟裏。來了紅燒肉，也是這麽照辦，來了乾菓碟也是這麽照辦。

馮歪嘴子一點也感不到羞恥，等席散之後，用手巾包着，帶回家來，給他的兒子吃了。

七

（他的兒子也和普通的小孩一樣，七個月出牙，八個月會爬，一年會走，兩年會跑了。）

夏天，那孩子混身不穿衣裳，只帶着一個花兜肚，在門前的水坑裏捉小蛤蟆，他的母親坐在門前給他繡着花兜肚子。他的父親在磨房打着梆子看管着小驢拉着磨。

八

又過了兩三年，馮歪嘴子的第二個孩子又要出生了。馮歪嘴子歡喜得不得了，嘴都閉不上了。

在外邊，有人問他：

「馮歪嘴子又要得兒子了？」

他呵呵呵。他故意的平靜着自己。

他在家裏邊，他一看見他的女人端一個大盆，他就說：

「你這是幹什麼，你讓我來拿不好麼！」

他看見他的女人抱一綑柴火，他也這樣阻止着她：

「你讓我來拿不好麼！」

可是那王大姐，却一天比一天瘦，一天比一天蒼白，她的眼睛更大了，她的鼻子也更尖了似的。馮歪嘴子說，過後多吃幾個雞蛋好好養養就身子好起來了。

他家是快樂的，馮歪嘴子把窗子上掛了一張窗帘。這張白布是新從舖子裏買來的。馮歪嘴子的窗子，三五年也沒有掛過帘子，這是第一次。

馮歪嘴子買了二斤新棉花，買了好幾尺花洋布，買了二三十個上好的雞蛋。

馮歪嘴子還是照舊的拉磨，王大姐就剪裁着花洋布做成小小的衣裳。

二三十個雞蛋，用小筐裝着，掛在二樑上。每一開門開窗的，那小筐就在高處遊蕩着。

門口來一擔挑賣雞蛋的，馮歪嘴子就說：

「你身子不好，我看還應該多吃幾個雞蛋。」

馮歪嘴子每次都想再買一些，但都被孩子的母親阻止了。馮歪嘴子說：

「你從生了這小孩以來，身子就一直沒養過來。多吃幾個雞蛋算什麽呢！我多賣幾斤黏糕就有了。」

祖父一到他家裏去串門。馮歪嘴子就把這一套話告訴了祖父。他說：

「那個人才儉省呢，過日子連一根柴草也不肯多燒。要生小孩子，多吃一個雞蛋也不肯。看着吧，將來會發家的……」

馮歪嘴子說完了，是很得意的。

九

七月一過去，八月烏鴉就來了。

其實烏鴉七月裏已經來了，不過沒有八月那樣多就是了。

七月的晚霞，紅得像火似的，奇奇怪怪的，老虎，大獅子，馬頭，狗羣。這一些雲彩，一到了八月，就都沒有。那滿天紅洞洞的，那滿天金黃的，滿天絳紫的，滿天朱砂色的雲彩，一齊都沒有了，無論早晨或黃昏，天空就再也沒有它們了，就再也看不見它們了。

八月的天空是靜悄悄的，一絲不掛。六月的黑雲，七月的紅雲，都沒有了。一進了八月雨也沒有了，風也沒有了。白天就是黃金的太陽，夜裏就是雪白的月亮。

天氣有些寒了，人們都穿起夾衣來。

晚飯之後，乘涼的人沒有了。院子裏顯得冷清寂寞了許多。

雞鴨都上架去了，豬也進了豬欄，狗也進了狗窩。院子裏的蒿草，因爲沒有風，就都一動不動的站着，因爲沒有雲，大卯星一出來就亮得和一盞小燈似的了。

在這樣的一個夜裏，馮歪嘴子的女人死了。第二天早晨，正遇着烏鴉的時候，就給馮歪嘴子的女人送殯了。

烏鴉是黃昏的時候，或黎明的時候才飛過。不知道這烏鴉從什麼地方來，飛到什麼地方去，但這一大羣遮天蔽瓦的，吵着叫着，好像一大片黑雲似的從遠處來了，來到頭上，不一會又過去了。終究過到什麼地方去，也許大人知道，孩子們是不知道的，我也不知道。

聽說那些烏鴉就過到呼蘭南岸那柳條林裏去的，過到那柳條林裏去做什麼，所以我不大相信。不過那柳條林，烏煙障氣的，不知那裏有些什麼，或者是過了那柳條林，柳條林的那邊更是些個什麼。站在呼蘭河的這邊，只見那烏煙障氣的，有好幾里路遠的柳條林上，飛着白白的大鳥，除了那白白的大鳥之外，究竟還有什麼，那就不得而知了。

據說烏鴉就往那邊過，烏鴉過到那邊又怎樣，又從那邊究竟飛到什麼方去，這個人們不大知道了。

馮歪嘴子的女人是產後死的，傳說上這樣的女人死了，大廟不收，小廟不留，是將要成爲游魂的。

我要到草棚子去看，祖父不讓我去看。

我在大門口等着。

我看見了馮歪嘴子的兒子，打着靈頭幡送他的母親。

靈頭幡在前，棺材在後，馮歪嘴子在最前邊，他在最前邊領着路向東大橋那邊走去了。

那靈頭幡是用白紙剪的，剪成絡絡網，剪成葫椒眼，剪成不少的輕飄飄的穗子，用一根杆子挑着，抗在那孩子的肩上。

那孩子也不哭，也不表示什麼，只好像他抗不動那靈頭幡，使他抗得非常吃力似的。

他往東邊越走越遠了。我在大門外看着，一直看着他走過了東大橋，幾乎是看不見了，我還在那裏看着。

烏鴉在頭上呱呱的叫着。

過了一羣，又一羣，等我們回到了家裏，那烏鴉還在天空裏叫着。

十

「馮歪嘴子的女人一死，大家覺得這回馮歪嘴子算完了。扔下了兩個孩子，一個四五歲，一個剛生下來。」

看吧，看他可怎樣辦！

老廚子說：

「看熱鬧吧，馮歪嘴子又該喝酒了，又該坐在磨盤上哭了。」

「東家西舍的也都說馮歪嘴子這回可非完不可了。那些好看熱鬧的人，都在準備着看馮歪嘴子的熱鬧。

「可是馮歪嘴子自己，並不像旁觀者眼中的那樣的絕望，好像他活着還很有把握的樣子似的，他不但沒有感到絕望已經洞穿了他。因爲他看見了他的兩個孩子，他反而鎮定下來。他覺得在這世界上，他一定要生根的。要長得牢牢的。他不管他自己有這份能力沒有，他看看別人也都是這樣做的，他覺得他也應該這樣做。

（於是他照常的活在世界上，他照常的負着他那份責任。

（於是他自己動手喂他那剛出生的孩子，他用筷子喂他，他不吃，他用調匙喂他●

（喂着小的，帶着大的，他該擔水，擔水，該拉磨，拉磨。

（早晨一起來，一開門，看見鄰人到井口去打水的時候，他總說一聲：

「去挑水嗎！」

（若遇見了賣豆腐的，他也說一聲：

「豆腐這麼早出鍋啦！」

（他在這世界上他不知道人們都用悲絕望的眼光來看他，他不知道他已經處在了怎樣的一種艱難的境地。他不知道他自己已經完了。他沒有想過。

（他雖然也有悲哀，他雖然也常常滿滿含着眼淚，但是他一看見他的大兒子會拉着小驢飲水了，他就立刻把那含着眼淚的眼睛笑了起來。

他說：

「慢慢的就中用了。」

他的小兒子，一天一天的喂着，越喂眼睛越大，胳臂，腿，越來越瘦。

（在別人的眼裏，這孩子非死不可。這孩子一直不死，大家都覺得驚奇。

（到後來大家簡直都莫明其妙了，對於馮歪嘴子的這孩子的不死，別人都起了恐懼的心理，覺得，這是可能的嗎？這是世界上應該有的？）

但是馮歪嘴子，一休息下來就抱着他的孩子。天太冷了，他就烘了一堆火給他烤着。那孩子剛一裂嘴笑，那笑得才難看呢，因爲又像笑，又像哭。其實又不像笑，又不像哭，而是介乎兩者之間的那麼一裂嘴。

但是馮歪嘴子却歡得不得了了。

她說：

「這小東西會哄人了。」

或是：

「這小東西懂人事了。」

（那孩子到了七八個月才會拍一拍掌，其實別人家的孩子到七八個月，都會爬了，會坐着了，要學着說話了。馮歪嘴子的孩子都不會，只會拍一拍掌，別的都不會。）

馮歪嘴子一看見他的孩子拍掌，他就眉開眼笑的。

他說：

「這孩子眼看着就大了。」

（那孩子在別人的眼睛裏看來，並沒有大，似乎一天更比一天小似的。因爲越瘦那孩子的眼睛就越大，只見眼睛大，不見身子大，看起來好像那孩子始終也沒有長一般地。那孩子好像是泥做的，而不是孩子了，兩個月之後，和兩個月之前，完全一樣。兩個月之前看見過那孩子，兩個月之後再看見，也絕不會使人驚訝，時間是快的，大人雖不見老，孩子却一天一天的不同。

（看了馮歪嘴子的兒子，絕不會給人以時間上的觀感。大人總喜歡在孩子的身上去觸到時間。但是馮歪嘴子的兒子是不能給人這個滿足的。因爲兩個月前看見過他那麼大，兩個月後看見他還是那麼大，還不如去看後花園裏的黃花，那黃瓜三月裏下種，四月裏爬蔓，五月裏開花，五月末就吃大黃瓜。

（但是馮歪嘴子却不這樣的看法，他看他的孩子是一天比一天大。

（大的孩子會拉着小驢到井邊上去飲水了。小的會笑了，會拍手了，會搖頭了。給他東西吃，他會伸手來拿。而且小牙也長出來了。
（微微的一裂嘴笑，那小白牙就露出來了。）

尾聲

呼蘭河這小城裏邊，以前住着我的祖父，現在埋着我的祖父。

我生的時候，祖父已經六十多歲了，我長到四五歲，祖父就快七十了。我還沒有長到二十歲，祖父就七八十歲了。祖父一過了八十，祖父就死了。

從前那後花園的主人，而今不見了。老主人死了，小主人逃荒去了。

那園裏的蝴蝶，螞蚱，蜻蜓，也許還是年年仍舊，也許現在完全荒涼了。

小黃瓜，大矮瓜，也許還是年年的種着，也許現在根本沒有了。

那早晨的露珠是不是還落在花盆架上，那午間的太陽是不是還照着那大向日葵，那黃昏時候的紅霞是不是還會一會工夫會變出來一匹馬來，一會工夫會變出來一匹狗來，那麼變着。

這一些不能想像了。

聽說有二伯死了。

老廚子就是活着年紀也不小了。

東隣西舍也都不知怎樣了。

至於那磨房裏的磨官，至今究竟如何，則完全不曉得了。

以上我所寫的並沒有什麼幽美的故事，只因他們充滿我幼年的記憶，忘却不了，難以忘却就記在這裏了。

一九四〇年十二月廿日香港完稿。

中華民國三十六年六月初版

書名：呼蘭河傳
著作人：蕭紅
發行人：蕭傳芳
屠玉庭
發行者：寰星書店
上海總店：北蘇州路德安里三弄五三號
電話四一三五九
武昌分店：武昌胡林翼路一六六號

經銷處
上海中國圖書雜誌公司
上海五洲書報社
上海聯合書報社
北平九洲圖書公司
杭州東南圖書公司
漢口中國圖書雜誌公司

基本定價：國幣十五元

图书在版编目（CIP）数据

呼兰河传 / 萧红著. -- 天津 : 百花文艺出版社, 2018.1(2024.1 重印)
(现代文学名著原版珍藏. 第一辑)
ISBN 978-7-5306-7273-0

Ⅰ. ①呼… Ⅱ. ①萧… Ⅲ. ①长篇小说-中国-现代 Ⅳ. ①I246.5

中国版本图书馆 CIP 数据核字(2017)第 137281 号

呼兰河传
HULANHE ZHUAN
萧红 著

选题策划：刘 勇 **封面设计：**陆 快
责任编辑：赵世鑫 唐冠群
出版发行：百花文艺出版社
地址：天津市和平区西康路 35 号 **邮编：**300051
电话传真：+86-22-23332651（发行部）
+86-22-23332656（总编室）
+86-22-23332478（邮购部）
网址：http://www.baihuawenyi.com
印刷：宝蕾元仁浩（天津）印刷有限公司
开本：787×1092 毫米 1/32
字数：160 千字
印张：9.375
版次：2018 年 1 月第 1 版
印次：2024 年 1 月第 4 次印刷
定价：29.00元

如有印装质量问题，请与宝蕾元仁浩（天津）印刷有限公司联系调换
地址：北京朝阳区西坝河南路6号西座102室
电话：(010) 84498866 邮编：100028